U0102693

三島由紀夫文集2

愛的饑渴

三島由紀夫文集 2

愛的饑渴

作者　三島由紀夫
譯者　唐月梅

木馬文化

三島由紀夫文集 2

愛的饑渴

作　　者　三島由紀夫
譯　　者　唐月梅
系列主編　汪若蘭
責任編輯　徐藍萍　莊育旺
特約編輯　劉淑儀　簡小娟
行銷企劃　黃怡瑋
封面構成　李淨東
電腦排版　辰皓電腦排版有限公司
出　　版　木馬文化事業有限公司
231 台北縣新店市民權路 105 號 10 樓
電話：02-22181417
傳真：02-22188057
E-mail：ecus@ecus.com.tw
網址：www.ecus.com.tw
總 經 銷　飛鴻國際行銷股份有限公司
231 台北縣新店市中正路 501-9 號 2 樓
電話：(02)82186688
傳真：(02)82186458　82186459
E-mail：fhl67274@ms42.hinet.net
印　　刷　成陽印刷股份有限公司
初　　版　2002 年 2 月
定　　價　200 元

ISBN 957-469-820-3

國家圖書館出版品預行編目資料

愛的饑渴 / 三島由紀夫著；唐月梅譯. --初版.
-- 臺北縣新店市：木馬文化，2002[民 91]
面；　公分 --（三島由紀夫文集；2）

ISBN 957-469-820-3(平裝)

861.57　　90019659

目錄

總導讀

三島由紀夫的人與作品(三島文學為何?)

劉黎兒

三島由紀夫本名平岡公威，一九二五年一月十四日生於東京四谷，距離一九七〇年十一月廿五日他選擇切腹此一震驚世界的手段來結束自己生涯的市谷的自衛隊駐屯地，只差一公里左右，他是一直在都會長大的作家，或許也因此他的作品的觀念以及結構等均極端洗鍊。

三島與川端康成、谷崎潤一郎、安部公房，以及後來得諾貝爾文學獎的大江健三郎等都是在國際間聞名的日本作家，其中三島的影響力最大，除了因為他自己積極費心努力，讓自己追求美的小說被翻譯成最多外語版本之外，他的戲曲作品如《沙度伯爵夫人》，或是《近代能樂集》等不斷在日本以及法國等國上演，是最為多采亮麗的一位作家。但是因為他的自刃的死法，與芥川龍之介或是太宰治選擇相當文學的神祕的死之儀式不一樣，三島在自己四十五歲、知名度已經登上世界頂峰，成為「世界一百人」中唯一被選出來的日本人，他的藝術家地位屹立，美國人稱他爲「日本的海明威」等，但是在此當兒，他對進行軍事訓練的右翼團體的同志留下檄文，並在辭世之歌託付了自己「諫世」的感懷，並衝進陸上自衛隊東部總監室，然後在陽台上呼籲自衛隊員起義，然後用日本傳統的方法自盡。因爲是如此的死法，讓三島文學從他死的煞那起便逆光四射，如果不將三島由紀夫的死冷靜地客觀化的話，是無法正確地認識三島文學的。

終於時間解決了許多問題，二〇〇〇年因爲正好是三島自刃卅週年，所以日本乃至世界開始全面重新評估三島，而且比較中立地從他的作品本身來肯定他，各種三島由紀夫全集以及作品論集相繼出版，在美國等地原本有些忌諱的有關三島的國際研討會也開始舉行，三島在日本戰後文學是最重要旗手的地位終於得到新的認識，三島由紀夫論不一定得在通過他的慘絕的死的痕跡也能進行，否則至今世界在論及三島時便先停滯在對他的死的解釋，究竟是純粹的美的行爲呢？還是要將唯美主義視爲不負責任的逃避？抑或說三島是在活的感覺高昂的瞬間以死來淨化並作英雄式的自我確認呢？三島又對於男性美的崇拜以及對於力量、行動、血的傾倒等，不能不讓德國等國讀者聯想法西斯主義式的美學；但是現在世人終於可以擺脫這些聯想而好好讀三島的作品了。

三島的祖父平岡定太郎爲兵庫縣的農家，東京大學畢業，成爲文官，在四十五歲時當上樺太（等於現在北海道）廳長官，因為捲入政爭而退休，祖母母親是水戶支藩藩主的女兒，曾在日本皇室有栖川宮家學禮儀過，祖母性好強，君臨一家，三島從小在相當神經質的祖母的病房中長大，只有趁祖母不注意時才能與喜好文學的母親倭文重接觸；在祖母的過度保護下，三島雖然進了日本皇室華族上的學習院初等科，但是因病弱而常常休息，甚至不准去參加遠足，他的級任老師雖然對於作文熱心，但對三島的充滿想像的文章並未加以肯定；在一九三三年，祖父母與父母別居，但是僅有三島被留在祖父母身邊，因此他鎮日讀書，對母親的傾慕日益加劇，是一個孤獨的少年。

在進入學習院中等科後他回到自己家中居住，與祖父母分居，祖母反而因此而常帶他看歌舞伎，外祖母則帶他去觀賞能的演出，這讓三島後來與舞台劇、現代能樂結下不解之緣；他自己也開始在校內的雜誌《輔仁會雜誌》投稿，在一九三八年寫下了第一篇的短篇小說《酸模》，另一方面也熱心於詩的寫作，一天可以寫好幾首，因此曾認為自己是天才，同時閱讀西洋文學名著，對於古典相當關心，執筆寫和歌、俳句以及戲曲等；在一九三一年五月，三島將自己所寫的〈百花怒放的森林〉給國文老師清水文雄看，清水很感動，所以拿到自己的同仁雜誌《文藝文化》的編輯會議，全場一致贊成刊登，所以便以「三島由紀夫」為筆名開始發表作品。

一九四四年因爲他以第一名成績從學習院高等科畢業，而且進入東京大學法學部，所以暫得免除兵役。其後在一九四五年二月，三島也被徵召，但是在出發前感冒惡化，爲發高燒受苦，軍醫誤診爲肺病，因此當天便被遣送回鄉。三島原應入伍的軍隊都到菲律賓，幾乎全軍覆沒，這種命運的捉弄，讓三島一生爲此感慨，也有看法認爲三島是因爲逃避了在戰場上美麗的死亡，所以最後才會有切腹的演出。三島進東大的同時，他的〈百花怒放的森林〉也終告出版，出版同時被搶購一空。

一九四五年日本的敗戰，對三島打擊很大，他的身邊的運田文學集團解散、妹妹因傷寒而死，他的情人與別人訂婚等，面對多重衝擊，三島藉著寫作而站起來，當時支撐他的便是川端康成，川端對文壇推薦了三島，讓三島在自己擔任重要成員的鎌倉文庫的雜誌《人間》發表作品，並且要當時的總編輯木村德三對三島善加指導。一九四七年，三島從東大畢業，進入大藏省，但是廢寢忘食地寫作，發表最初的長篇小說《盜賊》，建立新進作家的地位，因此而有了專心從事作家活動的契機，於一九四八年從大藏省離職，一九四九年的《假面的告白》便是三島正式成爲專業作家的名作，引起了很大的反響。此一作品因爲是同性戀者描述自己到自覺本身的特異性爲止的過程，也將自己的幼少期與不幸的戀愛經驗等均融入其中，此一作品隨著時間的經過而愈顯出其重要性。

其後三島開始也以社會事件，如東大學生當地下銀行社長最後失敗自殺事件寫成《青的時代》，奠定戰後時代旗手的地位。其後他開始寫戲曲《火宅》，一九四九年俳優座上演，因此三島也開始了劇作家的工作，對三島而言，劇作是最能發揮他全面才能的領域；三島參加了文學家小林秀雄、福田恆存、大岡昇平、中村光夫等人組成的「雲之會」，因此得到作為劇作家活動的據點，他的《近代能樂集》第一篇的〈邯鄲〉便因此於一九五〇年在文學座上演。

三島以小說家、劇作家鞏固了其地位後，便開始寫較具野心的長篇《禁色》，因為男主角同樣是同性戀者，因此三島本人也被認為如此。在寫完第一部的一九五一年，三島以朝日新聞特別通訊員身分開始橫斷太平洋之旅，到了他所嚮往的希臘，在海與太陽以及由古典清晰的文明所建構的美的世界，三島凝視了自己與時代的不幸，更積極地用語言來作呼籲，先是完成《禁色》第二部，然後寫了《潮騷》等，並從一九五五年開始到健身房去鍛鍊，著手改造自己的肉體，讓自己不再為肉體的自卑感所擾，想在現實上也建構一個美的世界。與此同時進行而寫了《金閣寺》，這是以金閣的縱火事件為題材寫的長篇。三島在此完成了從戰時便培養的新的融合古今的美學，因為承諾了走向破滅、虛無，所以原本僅存在於幻想的完美的美，瞬間得以實現，但是經過那一剎那，美還是必然會消滅，這種對美的追求的兩難，是三島生涯以及作品的最重要的主題；在此長篇之外，他同時也寫了著名的戲曲《鹿鳴館》等，一九五六年一年是三島短暫的一生中最爲豐收結實的一年。

一九五七年，因爲美國的日本文學研究家 Donald Keene 將《近代能樂集》翻譯出版而三島到美國去，在美國停留半年，這是三島生涯中鮮見的空白。不知爲何，他決定與日本畫家杉山寧長女瑤子相親，並由川端康成夫婦的媒妁而舉行結婚典禮。回國後，他寫戲曲《薔薇與海盜》，並寫另一長篇《鏡子之家》，前者是三島繼續守護著追美的夢幻的決心，後者則爲對日常生活的回歸，也是自己對於時代的犬儒主義爲焦點，也就是對日本本身從正面來處理。三島雖然自稱是將自己全部投入此一長篇，但是完成時的一九五九年的世間評論對此十分冷淡，三島嚐到強烈的挫折感，或許與此有關。三島在這一年十一月還訂下了大映電影公司簽訂的專屬演員契約，讓世人震驚，他還在一九六〇年演出了一部電影；十一月他寫了短篇《憂國》，然後在夫人陪同下環遊世界一周。在此一旅行中，他的《近代能樂集》中的〈班女〉、〈葵上〉在紐約上演，獲得好評，而在此時，三島的作品，除《近代能樂集》之外，像《潮騷》、《假面的告白》、《金閣寺》等英譯以及其他語言譯本均相繼問世，在國際上享有非常高的知名度，他也自覺自己扮演了將日本介紹給歐美的重要的角色。

但是三島回國之後，等著他的是他以原外相有田八郎爲底版寫的《饗宴之後》，遭到侵犯隱私的控訴，讓他感到不快；此時他與攝影家細江公英邂逅而拍了寫眞集《薔薇刑》，對於透過影像來表達自己有高度的關心，然後又發表了傑作的戲曲《黑蜥蜴》等，並開始連載意識到世界毀滅危機的《美麗之星》，那是與三島在戰爭中所預料、戰慄的日本的破滅相重疊的；另一方面因爲自己親友的芥川比呂志等退出文學座，雖然邀三島一起另外結社，但是三島決定留下來，只是他卻遭背叛，他爲了一九六四年正月公演所寫的《喜悅之琴》卻以思想上的理由遭到拒絕。三島最後也退出文學座，令他自己挫傷，不過他依然不停地寫作，從追夢的純粹變成心情的純化，寫了極爲優秀的作品《午後的曳航》、《劍》等中篇小說，然後也開始了《豐饒之海》的構想。

一九六四年，正好是東京奧運之年，六五年，三島自己製作、主演的電影《憂國》上映，即物式地展現自己至今所鍛鍊出的日本男性的肉體，影像也是三島的情色與死交錯的一個地點；從一九六五年九月，三島最後的作品四部曲的《豐饒之海》第一部《春之雪》開始連載，六七年二月起第二部《奔馬》、六八年《曉之寺》等，執筆十分順利，但是三島卻因此對於理想的天皇的執著愈來愈頑固，對於日本國家以及社會的現況、方針批判尖銳化。然後自己有強烈的取材意識，進入一種亢奮狀態，不但自己到自衛隊體驗性入伍，而且在身邊召集了一些年輕人，結果僅有前進一途。當時日本大學紛爭愈演愈烈，這也使三島的危機意識愈來愈強。三島一直認爲作者不可能置身於作品世界之外，而且自己鍛鍊出來的肉體終將老醜毀滅，爲了迴避此事發生，或許三島因此選擇在作品《豐饒之海》完成時也毀壞自己肉體的做法，因爲對三島而言，從天皇觀、作品觀、肉體觀乃至行動觀均需頭尾貫徹一致。

三島自殺後不久，有不少作家均趕到現場，但是東部總監部僅讓川端康成進去，但是未能見到三島的遺體，川端悲痛萬分，因爲兩人的師徒般的感情不是外人所能理解的，在三島死後一年五個月，川端也自殺，兩位一直描寫日本傳統之美、代表日本昭和的文學大師之間或許存在著無言的默契。

導讀

劉黎兒

《愛的饑渴》是三島由紀夫在一九五〇年時寫的，在三島寫給川端康成的書簡（一九五〇年三月十八日）中便曾提及此事，他是專爲新潮社寫的小說，爲了此一小說，他只好拒絕和川端一起到廣島、長崎去，雖然他很想去，但是躲在自己的別墅，每天趕稿，趕十個小時，果然寫出此一非常完整的作品。這《愛的饑渴》與一九四九年《假面的告白》，以及一九五三年《禁色》等，是常被討論、而各有其課題的作品；在三島的作品中。《愛的饑渴》也是擁有其他作品所鮮見的高完成度與充實，日本文學評論家福田恆存將此一作品與大岡昇平的《武藏野夫人》並列爲日本戰後文學代表作。

《愛的饑渴》的故事梗概是杉本悅子在一九四九年九月廿二日，爲了前一年因斑疹傷寒症而死亡的丈夫良輔的祭供品而到百貨公司去，但是並沒有買原定想買的東西，而僅買了襪子便回家，她從這一年春天起便已經寄身在大阪府郊外米殿村的公公彌吉處，彌吉是小作農的兒子，因爲苦學力行後當到商船公司社長後退休，而有一個別墅兼農園當作自己的據點，在該處有十八歲的青年園丁三郎以及女中美代；在良輔活著的時候，悅子因爲良輔的外遇而嫉妒受苦，但是現在則與彌吉發生關係，將自己的身體委諸彌吉愛撫，但是內心則愛三郎，悅子將襪子送給三郎，但是美代卻要三郎丟掉；監視三郎與美代已經變成悅子生命價值所在，爲了三郎讓美代懷孕而嫉妒受苦；悅子放美代假，自己與三郎在田裡見面，三郎表示自己不愛美代，悅子很高興，想委身給三郎遭拒，悅子在彌吉趕到時將三郎打死，兩人將三郎埋在地裡。

三島在此項作品中描述的對象爲不須工作的有閒階級，這對三島而言，是非常熟悉的一個世界，也是十分拿手的材料，他是從這些人的生活中嗅到了可以處理爲小說的祕密。據三島自己解說指出，三島的叔母之一的倭文重之妹，嫁到大阪的江村家，江村家在豐中有很大的農場，接近阪急電鐵的岡町車站，在大阪近郊是有名的農園，是叔母的公公在從實業界退休後活用現代的園藝技術而開的農園。那叔母在一九四九年夏天從關西到東京，告訴自己有關農園的事，當時正好是三島寫好《假面的告白》不久時，倭文重表示三島對於妹妹（三島的叔母）的話很感興趣，當時三島表示自己在寫完全告白的小說後想寫第三人稱的作品，但是因爲聽到叔母的農園有一位天眞無邪的園丁，當然叔母與園丁是沒有任何關連的，不過從園丁的事，三島的腦裡便突然浮起一個故事，而且是有頭有尾的故事全部浮現出來。

當時三島便想將此故事寫成像是莫里艾克（François Mauriac，法國天主教作家，曾得諾貝爾獎）的《愛的沙漠》（一九二五）以及《泰莉莎》（*Therese*，一九二七）。《愛的饑渴》構想上與這兩書十分類似，兩書也都大量採用回想方式，但是《愛的沙漠》中，女主角並未愛上天使般的年輕人，但是悅子則對於三郎此一對天理教熱心青年有肉體的慾望，三郎有都會青年所沒有的堅挺的肌肉，當悅子從背後看到他肩胛骨附近肌肉的搖動，手都想去觸碰，這也是「饑渴」的表現，與「沙漠」是不同的。三島是想將追究無神的人類幸福的觀念，像是類似希臘神話般的女性擺在日本的風土來實驗看看。

三島基本上描寫的女主角悅子，是拒絕救贖而頑守自己的生活現狀，就此意義而言是反基督教的，所以才想命名爲《緋色之獸》；在三島看來，悅子是一個孤獨的精神，在寫《愛的饑渴》之前，三島已經以類似的主題寫了一幕戲曲《聖女》，女主角爲了流氓的弟弟及其情婦而賣命工作，並變賣所有，等沒有東西可賣時，便去當娼婦等，但是這位聖女也一樣拒絕讓信仰來救贖。

三島想寫的莫里艾克風格的小說是什麼呢？也就是以精密的心理的手法，描寫人心深處爲靈肉相剋而煩惱，透過其掙扎地獄的面相而暗示神的恩寵等，三島承認對莫里艾克非常醉心，所以寫好後誰都看得出來是有模仿莫里艾克之處，而且三島最初書名是取材自約翰福音的淫婦一章，叫《緋色之獸》，但是新潮社認爲這樣的書名太弱了，所以才改題爲《愛的饑渴》，但是這樣愈來愈像莫里艾克，因爲莫氏的代表作便是《愛的沙漠》，聖女吞下所有的不幸而依然毫不在乎，這一點與悅子相同，悅子的苦惱是沒有出口，因爲拒絕救贖所以一開始出口便已經封閉起來了。

《愛的饑渴》是描繪女人內心的小說，三島的心情其實是投射在女主角悅子身上；將苦惱或是各式各樣的社會俗物等均吞下去，在《鏡子之家》中的男主角杉本清一郎身上也可以見到，對於現實一切照單全收，但是悅子在自己的心裡深處藏有無底的絕望感，對於人生不懷任何的幻影，只好不斷自我安慰說：「這便是我的幸福」，不過結果她無法將與園丁三郎之戀也自圓其說地吞下去就算了；悅子的幸福可以說是與世間所認爲的幸福是正相反的，不過一個人所嚐到的幸福可能原本就是一種反論式的幸福，是否幸福全看個人所背負的條件而定，更爲重要的是當事人是否有幸福的實感；悅子在米殿村的杉本家的生活等於是不斷圍堵她對幸福的追求，在那樣閉塞的環境等於是更激烈地煽起自己存在的意識，自己存在的意識遭到外部遮斷，悅子忍耐這種遮斷，忍耐本身便是枯燥乏味、反覆無聊的生活；悅子追求幸福，這與她的無聊是同義的，人對無聊只好抵抗，以證明自己的存在的實感，因爲有抵抗，所以有此藝術作品的誕生。

《愛的饑渴》的背景是大阪郊外的農園，表示這是與都會隔離的一個實驗性的場所，三島以悅子在此進行實驗，這與大岡昇平的《武藏野夫人》構想類似，但是大岡的作品並未擺脫與都市的關係，其中有好幾組的男女關係以及金錢上的盤算，採擷了一些社會的斷層，但是三島的野心不是如此分散的，而是環繞著一個持續的實驗，是只追究悅子的幸福慾望問題，是高度集中以及完整的傑作。

第一章

這天，悅子在阪急百貨公司買了兩雙半毛襪子。一雙深藍色，一雙茶色。都是質素的純一色襪子。

即使來到大阪，她也是在阪急電車終點站的百貨公司採購完就立即乘電車往回走。沒有看電影。沒有進餐自不消說，連茶也沒有喝。沒有什麼比市街的雜沓令悅子更厭煩了。

要是想去，可以從梅田站的台階下到地下，乘地鐵出心齋橋或道頓堀，這也並不費事。或者一步出百貨公司，穿過十字路口，就已接近大都會的鬧市區，繁華的浪潮迫近過來。路旁擦皮鞋的少年們連聲吆喝：「擦皮鞋！擦皮鞋！」

生長在東京的悅子，不知道大阪城市的模樣，她對這城市——紳商、流浪者、廠長、股票掮客、街娼、鴉片走私販、職員、地痞、銀行家、地方官、市議會議員、唱淨琉璃①的、做妾的、吝嗇的老婆、新聞記者、曲藝藝人、女侍、擦皮鞋的——抱有一種無以名狀的恐懼心理。其實，悅子害怕的，也許不是城市，而僅僅是生活本身？生活——是無邊無際的、浮滿各種漂流物的、變化無常的、暴力的、但總是一片澄明而湛藍的海。

悅子把印花布購物袋盡寬地打開了。她將買來的襪子放在袋子最底裡。這時，閃電在敞開的窗門擊打而過。接著，響起了威嚴的雷鳴，把櫃枱的玻璃擱板震得微微顫動。風呼嘯地捲襲進來，把立著的小告示牌颳倒了，上面貼著寫有「特價商品」幾個字的字條。店員們跑去把窗戶關上。室內黑魆魆。這才發現櫃枱的白晝也一直燃著的電燈忽然增加了亮度似的。不過，看樣子雨還不會下起來。

悅子把購物袋挎在胳膊上。她不顧購物袋窩彎的竹圈從手腕蹭著胳膊滑落下去，依然用雙掌捂住臉頰。臉頰顯然發燒。這種情況是常見的。沒有任何理由，當然也沒有任何的病因，雙頰就突然間像著了火似的發燒了。本來她的手掌就纖弱，現在起了水泡，曬黑了，身體底子留下的纖弱，反而使手掌顯得更加粗糙了。它觸摸及熱烘烘的臉頰時，更覺自己的雙頰發燒了。

此刻，她感到似乎什麼事都可以做。她一直地穿行在十字路口的旱橋上，猶如走在游泳池的跳台上一樣，覺得彷彿可以跳進市街的中心。這麼一想，悅子的視線便投在櫃枱前穿梭而過的、雜亂而又不動聲色的人流上，倏然地沈湎在高速的幻想中。這個樂天的女子，缺乏幻想不幸的天分。她的怯懦，都是由此而產生的。

……是什麼東西給予的勇氣呢？是雷鳴？是剛買來的兩雙襪子？悅子急匆匆地穿過人

群，向台階走去。台階上人聲雜沓。她下到了二層。爾後，又下到了靠近阪急電車售票處的一層大廳。

她望了望戶外。在這一、二分鐘內，驟雨沛然降下。彷彿早就在下了，人行道已經變得濕漉漉的，猛烈的雨腳四處飛濺。

悅子走近出口。她恢復了平靜，安心下來，有點勞頓，感到像輕度的眩暈。她沒有帶雨傘。不能走到外面。……不是不能走，而是沒有這個必要。

她立在出口的一側，想要看看雨戛然而止的市內電車、路標和馬路對面的成排商店的情景。但是，雨水飛濺到她所在的地方，濡濕了她的衣服下襬。出口處一陣喧囂聲。有的男人把皮包頂在頭上跑了過來。洋裝打扮的女人用頭巾遮住秀髮跑了過來。他們簡直是像衝著悅子，為著悅子集合而來的。唯有她一人沒有淋濕。她的四周站滿了職員模樣的男男女女，都像是落水的耗子。有的在抱怨，有的在說笑，他們都帶著幾分優越感，轉過身來衝著剛才自己跑過來的雨場，久久無言無語，一起將臉朝向紛紛揚揚下著大雨的天空。悅子的臉，也夾雜在這些濡濕了的臉中，在仰望著雨空，雨彷彿從奇高的天空直線地瞄準這些臉，秩序井然地灑落下來。雷鳴漸漸遠去。唯有暴雨的聲響使人耳朵發麻，心靈顫抖。偶爾劃破雨聲疾馳而過的汽車喇叭聲、車站上的高音喇叭聲、像撕裂般地呼叫，但也遮蓋不過雨聲。

悅子離開避雨的人群，排在售票口前的長長的彎彎曲曲的無言的行列後面。

阪急寶塚線上的岡町站，距梅田約三、四十分鐘的路程。快車不停這個站。豐中市迎來了因蒙受戰爭災難而從大阪遷來的無計其數的人，並在市郊興建了許多府營住宅，人口比戰前增加了一倍。悅子所在的米殿村也位於豐中市內，隸屬大阪府。嚴格地說，它不是農村。

儘管如此，如果要買點物美價廉的東西，必須花上一個多小時前往大阪購買。今天是秋分的前一天，她打算買些柚子供奉在丈夫良輔的靈前，這是他生前所愛吃的果品。不巧，百貨公司的水果櫃枱的柚子已經售完。她本無意到百貨公司外面購物，不知是受到良心上的責備，還是什麼莫名的衝動，她下決心到市區繁華街去，正當其時，她被雨阻擋了。僅此而已。除此之外，理應不會有別的什麼事。

悅子上了開往寶塚的慢車，坐在席位上。車窗外，雨下個不停。站在她面前的乘客攤開了一份晚報，上面的油墨香味把她從思慮中喚醒。她掃視了自己周圍一圈，彷彿自己幹了什麼虧心事似的。其實什麼事也沒有。

列車員吹響的哨音在戰慄，漆黑而沈重的鎖鏈互相碾軋，電車不斷地重複著這些單調的舉動，一站又一站頗費力氣地行進著。

雨過天晴。悅子把臉轉過去，定睛凝視著從雲隙間射出來的幾道光束。那亮光恍如伸出來的潔白而無力的手，落在大阪郊外住宅街的村落上。

悅子邁著孕婦般的倦怠步子，好像有點誇張。她自己沒有意識到這一點，也沒有人提醒她注意改正。這種步法，像淘氣的孩子在朋友的後脖梗上悄悄地掛上一張紙條，成了她被迫接受的一種標記。

從岡町站前經過八幡宮的牌坊，再穿過小都市零售雜貨的繁華街，好不容易才來到屋宇稀疏的地段。由於步履緩慢，暮色已經籠罩著悅子。

府營住宅的家家戶戶都點燃了燈火。這是屋宇無計其數的、同樣形式的、同樣窄小的、過著同樣生活的、同樣貧困的、殺風景的村落。通過這兒的路，是一條捷徑，悅子卻總是迴避走這條路。因爲這樣難免會清楚地窺見諸如這些屋宇的室內、便宜貨的食櫥、矮腳飯桌、收音機、薄毛織套座墊，有時甚至窺見每個角落映入眼帘的貧窮的伙食、濃重的水蒸氣，樣樣都使她十分惱火。她的心，大概只對幸福的想像力是發達的，她不願意盼顧這些窮困，只瞧一眼幸福。

道路昏暗，蟲聲四起，這裡那裡的水坑映現著垂暮的殘照。左右兩側是稻田，稻穗隨著帶幾分濕氣的微風在搖曳。包圍著黑暗的稻浪翻滾起伏的田地及低垂的稻穗，看起來不像白晝成熟稻子的輝煌，倒像無數喪魂落魄的植物的聚會。

悅子繞著農村特有的、寂寞而無意義的彎曲道路，來到小河畔的小徑上。這一帶已屬米殿村的地域。小河與小徑之間是一片連綿不斷的竹林。從這地方到長岡因盛產孟宗竹而聞名。竹林的盡頭，是跨過架在小河上的木橋的小徑所在。悅子跨過木橋，從原先是佃戶人家的前面走過，穿越楓樹和果樹叢，再登上被茶樹籬笆圍著的迂迴而上的台階，到了盡頭處，便是杉本家的旁門。乍一看，杉本的邸宅像幢別墅式的，其實是由於主人周全的節儉精神，在這麼一個不顯眼的地方、使用廉價木材修蓋起來的缺乏雅趣的房子罷了。悅子打開旁邊的拉門，裡屋傳來了弟妹淺子的孩子們的笑聲。

孩子們又笑起來了。爲什麼笑得那麼開心？不能讓他們旁若無人地笑下去……悅子只是這麼想，並沒有下決心要阻止他們。她把購物袋放在門口的鋪板上。

一九三四年杉本彌吉在米殿村購置了一萬坪②的地皮。這是五年前他從關西商船公司退職時的事。

彌吉出身於東京近郊一個佃農的家庭，他發奮攻讀，大學畢業後進入當時座落在堂島的關西商船大阪總公司，娶了東京的妻子，大半生是在大阪度過的，但是他讓三個兒子都在東京接受教育。一九三四年他任專務董事，一九三八年任公司經理，翌年主動退職。

杉本夫婦偶爾前往墓地為故友掃墓，他們被環繞著名叫服部靈園的市營新墓地那土地起伏的優美所吸引，向人打聽，才知道這兒叫米殿村。他們便物色了適合於闢為包含覆蓋著竹林和栗林的斜坡果樹園的一片土地，在一九三五年蓋起了簡樸的別墅。同時委託園藝家栽培了果樹。

然而，這裡並沒有像妻兒所期待那樣成為名副其實的別墅和過著有閒生活的根據地，而只是成為他週末度假的落腳點，他每周攜帶家眷乘車從大阪來到這裡，欣賞日光和擺弄田地為樂，如此而已。長子謙輔是個懦弱的文藝愛好者，他對健全的父親這種趣味竭力唱了反調，從內心裡也懷有輕視之意。結果總是被父親強行拽來，無奈地同弟弟們一起揮鋤耕作。

大阪的實業家中，秉性吝嗇、具有京阪式的生活力和表裡一致的、有著快活的厭世哲學根據的人，為數不少是在地皮便宜、應酬花費不大的山間窮鄉僻壤建造屋宇，以擺弄園地爲樂，而不在著名的海濱和溫泉勝地修蓋別墅。

杉本彌吉退職以後，便把生活的據點移到米殿來了。米殿究其語源，大概是米田的意思。太古時，這裡似乎是淹沒在大海中，如今土地相當肥沃，一萬坪土地出產各種水果和蔬菜。佃農一家和三個園丁協助這個業餘園藝家耕作，數年後杉本家的桃子甚至成了市場上特別珍貴的品種。

杉本彌吉是冷眼看待戰爭而生活過來的。他想：這是獨具一格的冷眼相待法，城裡的那夥人沒有先見之明，只好度著忍受配給品、不得不買高價黑市米的日子；而我有先見之明，才能這樣悠然自在地過著自給自足的生活。就這樣，他把一切都歸功於先見之明，連不得已而辭退的事，也覺得是有先見之明的緣故。從他的神情來看，他彷彿把退職的事業家不得不嘗受的那種痛苦和倦怠、幾乎等同於俘虜嘗受的那種苦痛和倦怠，統統拋諸腦後了。他好像用半開玩笑的口吻述說別無恩怨者的壞話那樣，講了軍部的壞話。由於老伴患急性肺炎，他拜託大阪軍司令部的友人送來了軍醫學發明的新藥，可是這些新藥毫無效力，反而把她害死了。所以這種壞話越說越厲害了。

他親自除草，親自耕作。農民的血液在他身上復甦，田園的趣味成爲他的一種熱情。妻子看不見，社會也看不見，時至今日他甚至用手擤鼻涕也無所謂了。在受帶金屬拉鎖、結實耐用的西裝背心和背帶折磨的衰老身軀的深處，浮現出農民般的骨骼，在過分修飾的臉龐上完全露出了一副農民的臉。看到了這張臉，這才明白，昔日讓部下害怕的怒目的揚眉和炯炯的眼光，其實就是老農的一種臉型。

可以說，彌吉有生以來第一次擁有田地。迄今他擁有足夠的住宅田地。過去，在他的眼光裡，這農藝園只不過是一塊住宅用地，如今卻能看到這是一塊「田地」。將所有土地形式的概念都理解爲田地的本能復甦了。他覺得他一生的業積才變成實實在在的形式，隨手可及、隨心可得。他以飛黃騰達者的特有心態，蔑視他父親，詛咒他祖父。現在看來，這種感情的根源似乎都歸結在他們連一坪田地都沒有這一點上。彌吉從類似報復的愛情出發，在家鄉的菩提寺修蓋了一片偌大的祖墳。萬沒有想到，良輔竟先進了這裡，早知如此，當初把墳修在貼鄰的服部靈園就好了。

難得來大阪，而每次來都探望父親的兒子們，不理解這樣一個父親的變化。長子謙輔、次子良輔、三子佑輔各自心目中的父親的形像，儘管存在不同程度上的差異，但都是已謝世的母親一手培植起來的。母親身上具有東京中流社會出身的人的通病，只許丈夫僞裝成上流的實業家。連彌留之際，還禁止丈夫用手擤鼻涕，禁止在人前摳鼻垢，禁止喝湯時咂嘴鼓舌，以及將痰吐在火盆的灰上。這種種惡癖陋習卻竟得到社會的寬容，甚或可能成爲豪傑的暱稱的依據。

兒子們所看見的彌吉的變化，是一種可憐的、愚蠢的、修修補補的變化。他那副意氣風發的神態，倒像是又回到了擔任關西商船公司的專務董事的時代，然而，他已喪失了當年那種處理事務的靈活性，成為一個極其唯我獨尊的人。這很像是追趕偷菜的農民的怒吼聲。

二十鋪席寬的客廳裡，擺飾著彌吉的青銅胸像。懸掛著出自關西畫壇權威手筆的肖像油畫。這胸像和肖像畫，都是根據像大日本某某股份公司五十年史那樣浩瀚的紀念集卷首上並排著的歷代經理相片的樣式製作出來。

兒子們所以感到是修修補補，乃是因為這個農村老頭心裡還有著一股硬的根性，猶如這尊胸像的姿態所表現出來的那種徒然的倔強，那種對社會裝腔作勢的誇張。老實的村民們對他以農村實力人物那種帶有泥土氣味的妄自尊大和吐露的對軍部的壞話，理解為憂國之至誠，更加敬重他了。

認為這樣一個彌吉是俗不可耐的長子謙輔，卻反而比誰都快地投靠到父親的懷抱，這實是一種諷刺。他過著無所事事的生活，因為有氣喘的宿疾而得以免除了應徵，可他只是在知道難以逃避徵用的時候，才匆忙仰仗父親的斡旋，被徵用到米殿村郵局當個下手。他帶著妻子遷居這兒以後，理應多少會引起一些爭執，可謙輔把傲慢的父親的專制當作無法捉摸，逆來順受。在這一點上，他的冷嘲熱諷的天才，十全十美地發揮出來了。

戰事愈演愈烈。開頭三個園丁一個不剩地都出征了。其中一個是廣島青年，他讓家中小學剛畢業的弟弟來頂替園丁工作了。這孩子名叫三郎，母親傳給他天理教，他也是個信徒，每逢四月和十月的大際典，他都在天理教信徒的公共宿舍裡同母親會合，穿上背部染有白字天理教的半截外褂，到「御本殿」去參拜。

……悅子把購物袋擽在鋪板上，像試探反響似的一直凝望著室內的薄暮。不斷響起孩子的笑聲。原以爲是笑聲，細聽實際上是哭聲。它在靜謐的室內的黑暗中旋蕩。大概是淺子忙於炊事，把孩子撂在一邊的緣故吧。她是還沒有從西伯利亞回來的祐輔的妻子，一九四八年春上，她帶著兩個孩子投奔這兒來。正好是悅子失去丈夫、由彌吉邀請她遷居這兒的前一年的事。

悅子本想走進自己那間六鋪席寬的房子，突然看見了氣窗上透出的亮光。她記得自己並沒有忘記關燈。

打開拉門。彌吉正面對桌子在埋頭閱讀著什麼，他嚇一跳似的，回過頭來望了望兒媳婦。悅子從他的兩隻胳膊縫間，瞥見了紅色的皮書脊，她馬上明白，他是在讀悅子的日記。

「我回來了。」

悅子用明朗而快活的聲調說。儘管眼前出現令人不快的事，事實上她的精神與獨自在的時候判若兩人，動作也像姑娘一般的麻利。這女子失去了丈夫，正所謂是個「已經成熟的人」。

「回來了，眞晚啊。」彌吉這樣說道。他本想說：「回來了，眞早啊，」卻沒有把話說出來。

「肚子餓壞了。剛才閒得無聊，順手拿妳的書翻了翻。」

他拿出來的日記本，不知什麼時候竟偷偷換成了小說。那是悅子從謙輔那裡借來的翻譯小說。

「我很難看懂，不知道寫的什麼。」

彌吉下身穿耕作用的舊燈籠褲，上身著軍用式的襯衫，外披一件舊西服背心。這幾年來，他沒有改變過這身裝扮。不過，他那股子近乎卑屈的謙虛勁兒，比起戰爭期間的他，比起悅子所不了解的他來，變化就很大了。不僅如此，肉體的衰萎也呈現出來，眼神失去力度，傲慢地緊閉的雙唇也微微鬆弛了。而且，說話的時候，兩邊嘴角積著像鳥兒那樣的白色唾沫泡。

「沒有買到柚子。找來找去還是沒有買到。」

「太遺憾了。」

悅子跪坐在鋪席上，把手探進腰帶裡。步行使身體發熱，腰帶內側恍如溫室充滿了體溫。她覺得自己的胸部在冒著汗珠。是虛汗似的密度濃的涼颼颼的汗珠。飄溢出的汗味兒使四周的空氣發出了一股馨香。但是，它本身是涼颼颼的汗。

她感到彷彿有一種什麼東西不快地緊緊束縛住整個身子。她無意中鬆弛了一下正襟危坐的身體。對於不太了解她的人來說，這瞬間，她的這種姿態可能會引起某種誤解。彌吉也好幾次將她這種姿態誤以爲是一種媚態。但他了解到這是她勞頓不堪時的一種無意識的舉動以後，也就極力控制自己不把手探伸過去了。

她將身子鬆弛以後，脫掉了襪子。泥水濺在布襪子上。布襪底呈現淡墨色的污點。彌吉等尋找續話題的機會等得不耐煩，便說道：

「相當髒啊！」

「嗯。路可不好走啊！」

「這邊雨下得很大。大阪那邊也下雨了嗎？」

「嗯，正好在阪急買東西的時候下了。」

悅子又憶起方才的那幅情景。震耳欲聾的暴雨聲，以及宛如整個世界都在下雨似的陰雲密布的雨空。

她沈默著。她的房間僅有這麼一丁點空間。在彌吉的面前，她也無所顧忌地更換衣裳。因爲電力不足，室內的電燈相當昏暗。默默無言的彌吉與默默動作的悅子之間，唯有悅子解腰帶時絹絲摩擦發出的窸窸窣窣聲，聽起來恍如生物在鳴叫。

彌吉無法忍耐這長久的沈默。他意識到悅子的無言的譴責。他催促著早點用餐後，就回到了與走廊相隔的自己那八鋪席寬的房間裡。

悅子換上便裝，一邊繫名古屋腰帶，一邊走到書桌旁，將一隻手繞到背後壓了壓腰帶，另一隻手懶洋洋地翻開了日記本。於是，嘴角透出了帶幾分作弄的微笑。「公公不知道這是我的假日記。誰會知道這是假日記呢？誰會想到人類竟能把自己的心如此巧妙地僞裝起來呢？」

恰巧翻到昨天的一頁，她把臉俯在昏暗的紙面上閱讀起來。

九月二十一日（星期三）

今日一天平安無事地度過了。秋老虎的悶熱已經過去了。庭院裡蟲聲四起。早晨，我到村裡配給所領取了配給的黃醬。據說，配給所的小孩兒得了肺炎，好不容易才找到盤尼西林，他得救了。雖說是他人的事，可自己也覺放心。

過農村的生活，必須有顆純潔的心。好歹我在這方面也有些涵養，能頂一個人用。並不寂寞。不再寂寞了。絕不再寂寞了。近來我也理解了農閒期農民們悠閒的安息心情。我沈湎在公公大方的愛之中，彷彿又回到了十五、六歲的往昔的心境。

在這世界上，只需要有純潔的心、樸素的靈魂就足夠了。除此以外，我覺得什麼都不需要了。在這世界上，只需要運動自己的軀體來從事勞動的人，而城市生活，猶如沼澤地般的心靈上的交易早晚是會泯滅的。我的手起水泡了。公公也表揚了我，說這才是一雙真正的不愧為人的手。我變得不會生氣、不會憂鬱了。近來那麼多折磨過我的不幸的往事、丈夫謝世的往事，也變得不那麼折磨我了，投在秋日明媚陽光的溫柔的懷抱中，我的心胸變得寬容了，不論面對任何事物，都抱著一種感激的心情。

想起S的故事。她的境遇同我一樣，成為我心中的伴侶。她也失去了丈夫。一想到她的不幸，我也得到了安慰。S真是個心地善良、心靈純潔美好的寡婦，她早晚總會有機會再婚，這是毫無疑問的。在她再婚之前，本想好好敘談敘談，可我們分別在東京和這兒兩地，難得有邂逅的機會。哪怕能接到一封她的來信也好啊！……「即使頭一個字母相同，但換成了女性，他人也就不曉得了。S這個名字出現得太頻繁了。不過，沒有證據，也就沒有什麼可懼怕的。對我來說，這是假日記。但人類也不可能老實到像假的那樣……」

她將描仿那種偽善紀錄下來時的本意，在心中重新書寫了一遍。

「即使是重寫了，但這並非我的本意。」

她做了這樣的辯解，又重新書寫了一遍。

九月二十一日（星期三）

痛苦的一天過去了。為什麼又能把這一天打發過去呢？連我自己也覺得不可思議。清晨，我到村裡的配給所領取了黃醬。據說，配給所的小孩兒得了肺炎，好不容易才找到盤尼西林，他得救了。真遺憾！背地到處都說我壞話的那個老闆娘的孩子要是死了，也許還能多少給我帶來點安慰。

過農村的生活，需要有顆純潔的心。然而，杉本家的人們卻懷著腐敗了的、柔弱的、容易受傷害的虛榮心，這樣，過鄉間生活就愈發痛苦了。我當然熱愛純潔的心。我甚至覺得世界上再沒有什麼比純潔的軀體內蘊藏著純潔的靈魂更美的了。但是，當我站在我的心與那樣的心深深相隔的面前，我又能做些什麼呢？世上哪兒還有什麼比企圖從金錢裡面達到金錢外面的努力更難堪更痛苦的事呢。最簡單的辦法，莫過於在沒有洞穴的金錢裡鑿開一個洞穴。那就是自殺。

我屢屢下決心要拼命接近它。它卻逃之夭夭。它逃到無邊無際的另一個世界。於是，又只有我獨自被遺留在寂寞中……

我的手指起了水泡，這是愚蠢的鬧劇。

……但是，悅子的信條是：不過分認眞思考問題。赤腳走路，難免會傷腳。如同要走路就要穿鞋一樣，要活下去就要有什麼現成的「信念」。悅子無心無思地翻閱著日記本，心中暗自嘀咕。

「儘管如此，我還是幸福的。我是幸福的。誰也不能否認這一點。第一，沒有證據。」她將微微發暗的頁碼翻了過去。接著是潔白的頁，一頁一頁地翻下去。片刻，將這一年幸福的日記翻完了……

杉本家的飯食有一種奇妙的習慣。他們分四組用膳，那就是住二樓的謙輔夫婦、樓下一隅的淺子和孩子們、另一隅的彌吉和悅子，以及住女傭室的三郎和美代，這個美代只負責燒四組的米飯，家常菜肴則由四組各自烹調，分別進餐。說起來，這種奇妙的習慣，源於彌吉的利己主義，每月他發給其他兩家人一些生活費，任他們在這範圍內自由支配。他認爲，唯獨自己沒有理由陪他們一起吃儉省的伙食。他所以將在良輔死後無依無靠的悅子喚到自己的身邊，不過是因爲看中了她能燒一手好菜肴。這只不過是一種單純的動機罷了。

收穫水果和蔬菜時，彌吉把最上等的留給自己，剩下的分給其他各家。栗子中最上等的是芝栗，只有彌吉一人有權撿這種果實。其他家的人都不許撿的。唯獨悅子例外，可以分享彌吉的份兒。

彌吉下決心將這種特權給予悅子的時候，也許心中早已萌生了什麼念頭。平時彌吉總是想：得到最上等的芝栗、最上等的葡萄、最上等的富有柿、最上等的草梅、最上等的水蜜桃的分配權，是值得用任何代價來償還的。

悅子剛來不久，這種特權就成爲其他兩家人的妒嫉和羡慕之目標。突然間，這妒嫉和羡慕又釀成含有惡意的猜測。而且，這種像煞有介事的流言蜚語，帶來了一種暗示，似乎可以達到左右彌吉的行動。然而，他們看到事情的演變證實並不怎麼符合他們的猜測的時候，反而連作出這種猜測的人對自己的猜測也難以相信了。

失去丈夫還不到一年的女人，怎麼會有意委身於自己的公公呢？年紀尚輕，還有機會再婚，怎麼會主動作出葬送自己後半生的舉動來呢？那樣一個六十開外的老人有什麼值得委身於他呢？她雖是個無所依靠的女人，但難道會幹出最近流行的那種「爲了享受現成的」行爲來嗎？

種種揣摩臆測又在悅子周圍築起了好奇的籬笆。悅子在這道籬笆裡，終日寂寞地、倦怠地、然而卻是不避人眼目、豁達而邋遢地來回走動。就像一頭走獸。

謙輔和妻子千惠子在二樓起居室共進晚餐。千惠子對丈夫的犬儒派③思想產生共鳴而結了婚。共鳴的動因本身具備各自的退路，結果千惠子即使看到謙輔過分的無所作爲，也不曾感到婚姻生活的幻滅。她就是這樣一個女人。這一對過時的文學青年和少女，是在「人世間最愚蠢的行爲就是結婚」的信念下結婚的。儘管如此，兩人仍然不時並肩坐在二樓凸窗邊上，在朗讀波特萊爾的散文詩。

「老爸也怪可憐的，都這把年紀，心裡還埋著煩惱的種子。」謙輔說。「剛才我從悅子的房間門口路過，她理應不在家，卻亮著燈。我悄悄地走了進去，只見老爸專心致志地偷閱著悅子的日記。眞是熱心啊，連我站在他的後面，他沒有察覺，我招呼一聲，他嚇得幾乎跳了起來。後來，他恢復了威嚴，瞪了我一眼，那張可怕的面孔，甚至使我想起小時候最害怕瞧的他那張怒氣沖沖的臉，爾後他這麼說：你要是告訴悅子我看了她的日記，我就把你們夫婦倆從這個家攆走！」

「老爸他擔心什麼呢，要看人家的日記。」

「最近悅子不知怎的，總是心神不定。他大概是放心不下吧，但老爸可能還沒有留意到悅子在迷戀三郎吶。這是我的判斷。她是個聰明的女子，怎麼會在日記本上露出破綻來呢？」

「三郎？我無法相信。不過，我一向欽佩你的眼力，就當有這回事吧。悅子這個人很不明朗，想說就說，想幹就幹，我們也會支持的嘛。這樣她或許會輕鬆些。」

「言行不一才有意思吶。以老爸來說吧，自從悅子來後他簡直變得沒有志氣了，不是嗎？」

「不，土地改革以後，老爸就有點沮喪了。」

「這倒也是。不過，老爸是佃農的兒子，自從意識到自己『擁有土地』這個事實之後，他就像士兵當上了下士官那樣神氣。他甚至立下一條這樣稀奇的處世訓條：沒有土地的人爲了擁有土地，無論誰都非得經過先當三十多年的輪船公司職員，進而爬上公司經理這個過程不可。而且，老爸還盡量將這個過程裝飾得難乎其難。這就是他的一種樂趣。戰爭期間，老爸可威風了，他曾用講述昔日狡猾的友人因買賣股票而發財的事似的口吻，在議論著東条。當時我是郵局職員，恭恭敬敬地聆聽了他的講話。老爸不是在外地主，戰爭結束後進行土地改革時，這片土地沒有蒙受多大的損失。然而，佃農大倉那傢伙曾用便宜得像白給一樣的價錢購置了土地，成爲土地所有者，就受到了相當沈重的打擊。要都像他那樣，我何苦辛辛苦苦六十年呢。自此以後，這句話就成了老爸的口頭禪。這種坐享其成，成爲土地所有者的傢伙慢慢地湧現出來，老爸就會失去存在的理由。緣由於此，老爸變成多愁善感了。這回人家說他是時代的犧牲者，他對這種氣氛是有幾分滿意的。他的意志最消沈的時候，要是送來戰犯逮捕令，把他帶到巢鴨監獄，也許他還會變得更年輕些吶。」

「不管怎麼說，悅子幾乎不知道公公的壓制，所以是幸福的。她這個人相當憂鬱，又相當明朗，感情是複雜的。三郎的事另當別論，在丈夫服喪期間怎麼可能成爲公公的情婦呢？就是這點，我百思不得其解啊。」

「不，她是個格外單純而又脆弱的女人，是個像絕不逆風擺動的柳樹般的女人，是個死守貞節的女人，不知什麼時候對象變了，她也許還沒有察覺呢。如在風塵中被颳跑以後，以爲是丈夫而緊緊抱住不放的，豈料不是丈夫，而竟是別的男人。」

謙輔是個與不可知論無緣的懷疑派，他自詡對人生有其相當透徹的見解。

……就是入夜了，三家人也是互不相干地度過的。淺子忙於照料孩子。陪伴早睡的孩子躺下，自己也進入了夢鄉。

謙輔夫婦沒有從二樓下來。透過二樓的窗玻璃，可以望見遠方的不陡的沙丘，沙丘上灑上了府營住宅的燈火。由此及彼地伸展的，只是一片陰黑的海洋般的田。那些燈火，恍如島上濱海街的燈光，看上去市鎮是莊嚴而異常的熱鬧。可以想像出市鎮那些寂靜的宗教集會上，木木然的人們在燈光下沈浸在心曠神怡的境界中的情形；也可以想像出在沈默中、精心而冷靜的、費了相當長時間的殺人，就是在燈下一一完成的。儘管清楚地知道那裡的生活比這裡更單調、更貧困……倘使悅子也能將府營住宅當作這樣的燈火的聚光，那麼她的心也許不至於被帶到嫌惡的境地。繁密的燈火，恰似發光的羽蟲群蝟集在朽木上，讓它的翅膀靜靜地歇息。

偶爾，阪急電車的汽笛聲響徹了夜空，在夜間遠近的田園裡引起了回聲。這種時候，電車宛如幾十隻一起放生的夜鳥發出凶狠的啼鳴而迅速地飛回自己的巢穴似的，呼嘯疾馳而過。汽笛的嘶叫，震盪著夜間的空氣，聲音有點驚人，抬頭仰望，看到聽不見聲音的遠雷，在夜空的一角劃過了一道深藍，爾後消逝了。這情景，正是這個季節的景象。

晚餐以後到就寢之前的這段時間，誰也不會到悅子和彌吉的房間去。原先謙輔爲了消磨時光，曾過來閒聊天。淺子也曾帶著孩子來過。大家相聚一堂，熱熱鬧鬧地度過了夜晚。可是，彌吉漸漸毫不掩飾地流露出不悅的神色。所以，大家都卻步了。因爲彌吉在他同悅子二人單獨在一起的數小時裡，實在不願意旁人來打擾。

話雖這麼說，但在這段時間裡，並不是要幹什麼事。有時晚上是下圍棋度過的，悅子從彌吉那裡學會了下圍棋。彌吉只有向年輕女子誇耀教授棋藝這一招，此外別無他技。今晚兩人也是圍著棋盤在對弈。

悅子愉悅於她的手指觸及棋子的冷酷無情的分量，她的手不停地在棋盒子裡擺弄，她的眼睛卻像著了迷似的緊緊盯住棋盤不放。她這副神情，確是不尋常的熱衷下棋的態勢。其實，她只不過是被棋盤上那些清晰的黑線的縱橫交錯和那些毫無意義的準確性所吸引罷了。有時候，連彌吉也懷疑悅子究竟是不是熱衷於弈戰。他看見在自己的眼前，一個毫無羞澀、沈湎在卑俗、安然的愉悅中的女子微微張開的嘴角上露出了潔白得近乎發青的犀利的牙齒。

有時候，她的棋子敲在棋盤上，發出了響亮的聲音。簡直像敲擊什麼東西似的。就像敲擊猛襲過來的獵犬似的。……這種時候，彌吉有點蹊蹺，一邊偷看著兒媳的臉，一邊示範似的下了穩健的一著。

「氣勢眞非凡啊！簡直像宮本武藏④和佐佐木小次郎在岩流島上決鬥的場面嘛。」

悅子的背後，傳來了用力踩踏走廊的沈重的腳步聲。這不像是女人輕盈的腳步聲，也不像中年男子沈鬱的腳步聲。而是朝氣蓬勃的熱情的重量集中在腳掌上的腳步聲。這踩在黑夜的廊道木板上發出的吱吱的響聲，宛如在呻吟，在吶喊。

悅子下棋子的手指僵硬了。莫如說，她的手指好不容易才得到棋子的支撐更爲確切些。她必須將不由自主地戰慄起來的手指緊緊地縛在棋子上。爲此，悅子佯裝長考。但是，那不是難走的一著。不能讓公公懷疑這一不大相稱的長考。

拉門打開了。跪坐著的三郎只把頭探了進來，悅子聽見他這樣說道：

「請歇息吧！」

「啊！」

彌吉應了一聲，依然低著頭下棋。悅子凝視著他那執拗的、骨節突起的又老又醜的手指。她沒有回答三郎，也沒有回頭望望拉門那邊。拉門關上了。腳步聲朝美代寢室相反方向的朝西的一間三鋪席寬的寢室走去了。

---

① 以三弦琴伴唱的日本說唱曲藝。

② 坪，日本的土地面積單位，一坪約等於三點三平方米。

③ 犬儒派，希臘哲學流派之一，活動期在公元前四世紀至基督教時期。該派主張破壞社會常規，返回「自然的」生活。

④ 宮本武藏（一五八四？～一六四五）江戶初期的劍客，與佐佐木在岩流島上比賽獲勝而揚名遐邇。

第二章

狗的遠吠聲劃破了夜空，使農村的夜晚顯得更加淒厲可怖。後面的小倉庫拴著一頭名叫瑪基的賽特種老獵狗。偶爾，成群的野狗也從連接著果園的稀疏叢林中通過。瑪基豎耳傾聽，發出了長長的令人厭惡的吠聲，彷彿在控訴自己的孤獨。野狗通過時弄得矮竹叢沙沙作響，它猝然止步，順聲呼應。聽覺敏銳的悅子被吵醒了。

悅子只睡了約莫一個多小時。離清晨的到來，還需要盡義務般的長眠。她探尋了應繫於明天的希望。哪怕是極微小的、極一般的希望也好。沒有希望，人就無法將生命延長到明天。人爲了明天，需要施捨諸如留在明天縫補的東西、明天啓程的旅行車票、留在明天飲用的瓶子裡的剩酒一類東西。於是，這才被允許迎接黎明。悅子施捨什麼呢？對了，她施捨兩雙襪子吧。一雙深藍色，一雙茶色。對悅子來說，將這兩雙襪子送給三郎，就是明天的全部。悅子像信心十足的女子那樣，發現了這個希望所具有的空洞而又清淨的意義。她拽著這兩根纖細的繩子——深藍色和茶色的纖細的繩子，懸掛在彷彿不可理解的、胖乎乎的、漆黑的、暗淡的氣球般的「明天」上，不考慮向何處去。「不考慮」本身就是悅子的幸福的根據、生存的理由。

直至現在，悅子的全身依然籠罩在彌吉那執拗的、骨節突出的、粗糙的手指的觸覺之中，一兩個小時的睡眠是無法把它拂去的。接受過骸骨的愛撫的女人，再也無法從這種愛撫中擺脫出來。悅子的全身留下皮膚上的假想皮膚的感觸，它是比蝴蝶將要脫蛹而出時的蛹殼還薄的、肉眼看不見的、像塗抹過顏料之後半乾而透明的東西。一動身子，眼前就彷彿可以看見它在黑暗中的一大片裂璺。

悅子用逐漸習慣於黑暗的目光，環顧了四周。彌吉沒有打鼾。隱約可見他的脖頸，像剝了毛的鳥一般。擱板上的座鐘的滴答聲、地板下的蟋蟀聲，給這黑夜劃出了這個世界僅有的輪廓。不然，這黑夜已不屬於這個世界了。這黑夜沈重地壓在悅子的身上，不顧一切地將悅子推向凝固的恐怖之中，就像墜落在嚴寒的天空中的蒼蠅一樣。

悅子好不容易才微微地抬起頭來。百寶架的門上的螺鈿發出了藍色的光。

……她緊緊地閉上了雙眼。恢復記憶了。這僅僅是半年前的往事。悅子來到這個家不久，常愛獨自外出散步，很快就被村裡人稱爲怪人。悅子並不理會這些，仍然獨自散步。她那孕婦般走路的模樣，就是這時候開始引起人們注目的。凡看到她的人，無不斷定她是個有過自甘墮落的歷史的女人。

從杉本家的土地一隅，隔河可以望及服部靈園的大致輪廓。要不是春分秋分時節，來掃墓的人是甚少的。一到晌午，在廣闊的墓地段丘上，並排著無數潔白的墓碑，其可愛的影子一一落在旁邊的土地上。掩映在丘陵森林中起起伏伏的墓地的景致，是明朗而清潔的。偶爾從遠處還望見一座花崗岩墓的潔白石英，在陽光照耀下閃爍著輝光。

悅子特別喜愛擴展在這墓地上的天空之博大，特別喜愛貫穿墓地寬闊的散步的路之寧靜。這種潔白的明朗的靜謐，伴隨草的清香和幼樹的溫馨，彷彿比任何時候都更能使她的靈魂裸露。

這是採花摘草的季節。悅子沿著小河畔邊行走邊採摘雞兒腸和土馬黃，然後放進和服袖的口袋裡。小河一處的水溢了出來，浸到草地上。那裡有芹菜。小河鑽過一座橋，橫穿從大阪直通往墓地門前的水泥路的終點。悅子繞過靈園入口的圓形草地，向散步的路走去。她覺得有點奇怪，自己竟有這般閒暇。這難道不正像執行緩刑那樣的閒暇嗎。悅子從正在練棒球投球的孩子旁邊擦身而過。走了一程，走進方才的小河畔的籬笆裡，來到了還沒有立墓碑的草地。正想坐下來，悅子看見一個少年仰臉躺著，將一本書舉到面前，在專心地閱讀著。原來是三郎。他感到有人影投射在自己臉上，便敏捷地抬起了上半身，招呼了一聲：「少奶奶！」

這時，悅子衣袖口袋裡的雞兒腸和土馬黃劈頭蓋腦地落在他的臉上。

這時，三郎臉上所泛起的瞬間的表情變化，明顯地給悅子帶來了清爽而明晰的喜悅，猶如一個易解的簡單方程式。因爲他起初以爲紛紛落在自己的臉上的野草，是悅子開的玩笑。於是，有點小題大作地把身子躲閃開了。接著，他從悅子的表情看出，這純是偶發事件，而不是在開玩笑。這一瞬間，他有點對不住似的露出了非常認眞的眼神，站了起來。然後，又貓腰幫著悅子把灑落的雞兒腸撿了起來。

後來，悅子想起她當時是這樣問道：

「在幹什麼呢？」

「在看書。」

他面紅耳赤，出示了一本武俠小說。他說話的那種口吻，悅子當時認爲是一種軍人腔調。但是，他今年才十八歲，不可能在軍隊裡待過。原來是生於廣島的三郎爲了模仿標準語才使用那種腔調的。

後來，三郎無意中說出：有一回他到村裡領取配給麵包，回來的路上偷懶被少奶奶發現了。這番吐露，與其說是自我辯解，不如說帶有討好的意思。悅子說：我不會對任何人說的。

她記得自己好像還問過一些有關原子彈爆炸的災害情況。他回答說：他家距廣島市較遠，沒有遭難，但親戚中也有全家遇難的。說到這裡，話題就完了。更確切地說，當時悅子覺得三郎似乎還要詢問自己什麼，她自己也就沒有說下去。

悅子心想：初次看到三郎的時候，我覺得他像個二十歲的年輕人。在靈園的草地上，見到他那副模樣的時候，以為他是多大年齡了呢？我已記不清楚了。只是，當時還是春天，他卻穿了件打滿補釘的布襯衫，敞開了胸懷，把袖管捲起，說不定是介意袖子太破的緣故吧。他的胳膊很壯實，首先，城市的男子不到二十五歲不可能有這樣壯實的胳膊。而且，這雙被太陽曬得黝黑的成熟胳膊，對自己的這種成熟的彷彿感到害羞似的，密密麻麻地長出了黃金色的汗毛。

……不知為什麼，悅子竟用類似責難的目光凝視著他。這種目光是與悅子不相稱的，但她只好如此。他是不是覺察到了什麼呢？不至於吧。他只是意識到難以對付的主人家又來了一個麻煩的婦女。他的聲音！是帶鼻音的、不引人注意的、還有幾分憂鬱但依然像孩子似的聲音。他訥訥寡言，他的話像逐句吐出來似的。其分量就像質樸野性的果實那樣沈重……

儘管如此，第二天照面的時候，悅子早就可以不動任何感情地注視著他了。就是說，不是用責難的目光，而是代之報以微笑。

對！……什麼事情也沒有發生。卻說到這兒來約莫過了一個月的光景，有一天，彌吉托悅子翻修耕作用的舊西服和褲子。彌吉急用，她一直縫到當天的夜半更深。凌晨一點，理應早已歇息的彌吉竟走進了悅子的房間，表揚了她的熱心，還穿上了翻修好的西服，沈默良久，抽著煙斗……

「近來睡得好嗎？」彌吉問道。

「嗯。同東京不一樣，非常安靜……」

「撒謊！」彌吉又說了一句。

悅子老老實實地回答說：

「說實在的，近來睡得不好，正在犯愁呢，肯定是太安靜了，我想是過於安靜的緣故吧。」

「這可不行。不把妳叫來就好囉。」彌吉說。

彌吉在托詞裡，添加了幾許公司董事派頭的苦味。

悅子下決心接受彌吉邀請來米殿村的時候，她已經預料到這樣的夜晚會來到的。毋寧說，她希望這一天的到來。丈夫過世時，悅子曾希望像印度的寡婦那樣殉死。她所空想的殉死是很奇怪的。不是爲丈夫之死而殉葬，而是爲妒嫉丈夫而殉死。而且，她所希望的並不是一般的死，而是最耗時間的、最緩慢的死。或者是妒嫉心重的悅子在尋求絕不害怕妒嫉的對象呢？或者是毫無目的的貪婪在那宛如尋求腐肉般的卑鄙的欲望後面，還有一種活生生的獨佔欲在蠢動呢？

丈夫的死。……至今，秋天即將逝去的一天，停靠在傳染病醫院門口的靈車仍然歷歷在目……力夫把靈柩抬起來，從潮乎乎的散發著焚香和發霉味還有別的死亡氣味的地下太平間——落滿塵土、變成灰色的骯髒得令人毛骨悚然的假白蓮花、鋪上供守靈用的潮濕的鋪席、放置著搬運屍體用的褪了色的人造革床、設有不斷交替安放新靈牌的靈堂般的佛壇的太平間——登上了緩緩的水泥地斜坡，其中一個力夫腳蹬軍靴，走在水泥地板上發出鞋釘磨牙般的咯咯聲。通向後門的門扉敞開了。

當時，雪崩般地投射進來了一縷縷令人感動的強烈的陽光，這是悅子所不曾感受過的。

十一月初，那是泛濫的日光，到處都充滿了透明的溫泉般的日光。傳染病醫院的後門，是朝被戰火夷爲平地的平坦盆地的市鎮。從遠方而來的中央線電車斜斜地奔馳，掩映在尖梢已經枯萎的草叢中的土堤上。市鎮的一半被木造新房和建築中的房子掩埋了，另一半依然是一片長滿雜草的布滿瓦礫、垃圾的廢墟。十一月的陽光，佔據了這座市鎮。其間有一條明亮的公路，自行車的車把閃爍著亮光在奔馳。不僅這些。廢墟上的垃圾堆裡，啤酒瓶似的碎玻璃片也發出了耀眼的光。這多芒的光恍如瀑布一起傾洩在靈柩以及尾隨靈柩的悅子身上。

靈車的發動機啓動了。悅子從靈柩後面登上了放下帷子的車裡。

到達火葬場之前，一路上她所思想的不是妒嫉，也不是死亡。淨是想著方才襲擊自己的強烈的光芒。她身穿喪服，在膝蓋上將手中的秋天的花束倒了倒手。有菊花、胡枝子、桔梗，還有因爲徹夜守靈的疲勞而蔫了的大波斯菊。喪服膝蓋的部位染了一點黃花粉的污漬，悅子任由它了。

沐浴著這種光，她有什麼感覺呢？覺得解放了？覺得從妒嫉中，從難以成眠的無數之夜中，從丈夫突發的熱病中，從傳染病醫院、從可怕的深夜的夢囈、從臭氣、從死亡中得到了解放？

難道對這種強烈的光存在於地上，悅子依然感到妒嫉？難道對這種妒嫉的感動是出自她的唯一永恆的感動習癖？

解放的感情，理應是一種新鮮的否認的感情，猶如連解放本身都不斷加以否認似的感情。剛出籠的獅子，比本來一直野生的獅子擁有更加廣闊的世界。被捕獲期間，它只存在兩個世界。就是說，籠內的世界和籠外的世界。它不能存在於既非籠中又非籠外的第三個世界……然而，悅子的心與這些東西簡直毫無緣分。她的靈魂只知道承認……

悅子在傳染病醫院後門所沐浴的陽光，只能認爲是無可奈何地充滿在地上的天大的浪費。對她來說，畢竟還是靈車內的昏暗更痛快些。坐在丈夫的靈柩上，隨著車身的搖晃，好像有些東西也咯答咯答地在晃動。莫非是放在棺柩裡的丈夫珍藏的煙斗碰撞在棺木板上發出的聲音？要是用什麼東西包裹起來就好了。悅子伸手從白色柩布的外側撫摸發出聲音的地方。於是，像是煙斗的東西，屏住了氣息似的不響了。

悅子掀起帷子，看見從半道上走在這輛靈車前面的另一輛靈車在放慢速度，正在駛入混凝土的廣場，它是由特大的爐子似的建築和休息室圍了起來，實是大殺風景。這是火葬場。

現在悅子還記得，那時候自己是這樣想道：

我不是去焚燒丈夫的屍體，而是去焚燒我的妒嫉。

……但是，就算是把丈夫的屍體焚燒了，是不是可以燒掉她的妒嫉呢？毋寧說，妒嫉是從丈夫那裡傳染過來的病毒一般的東西。它冒犯肉體，觸犯神經，侵蝕了骨骼。若要把妒嫉燒掉，那麼，她就必須跟隨靈柩步入那座高爐般的建築物的深處，除此別無他途。

丈夫良輔在發病的前三天，沒有回家。他在公司上班。他似乎不會沈耽於色事而歇工的，只是不願回到悅子盼望他回去的家，因爲他無法忍受悅子的妒嫉。一天裡悅子曾五次走到附近的公用電話亭前，可還是猶猶豫豫，沒有掛這個電話。倘使往公司掛，他一定會接的。他在電話裡絕不會講粗暴的話。然而，他的辯解，是溫柔得像撒嬌的貓一般的辯解，是故意帶著嬌氣的大阪口音、令人想像到他細心地將煙蒂插在煙灰缸裡的動作的辯解，這更加增添了悅子的痛苦。所以她寧可願意從良輔的嘴裡聽到粗暴的咒罵。眼看著這種責罵將從這個彪形大漢的嘴裡脫口而出，他卻用了親切的聲音反覆地說，他保證無論如何也絕不爽約。悅子無法抵抗。再說，與其聽這類話，不如強忍著不掛電話更好些呢。

「……在這裡很難說清楚。昨天傍晚，在銀座遇見了個老朋友，他邀我去打麻將了。他是工商部官員，不能怠慢的……什麼？今兒我會回家。下班馬上回去……不過，工作堆積如山啊。準備晚飯？準備不準備都可以……隨便好囉……假使我吃過了，回去再吃一遍嘛……談到這兒吧。川路君在電話旁邊，他說羨慕咱們的恩愛吶……哦，知道了。知道了……那麼，再見……」

愛虛榮的良輔在同事之間，仍然裝出一副平庸的幸福的樣子。悅子在等待。繼續在等待。他沒有回家。他回家以後又很少在家裡過夜，這時候，哪怕是一次，悅子有沒有質問他或者責備他呢？她只是用略帶哀婉的目光，仰望著丈夫。這雙像母狗般的眼睛、無言的哀傷的眼睛，觸怒了良輔。妻子所期待的東西，她的手活像乞丐乞食的手，她的眼睛活像乞食的眼睛，這樣的妻子期待的東西……它使良輔嗅到剝掉生活的一切細部之後所剩下的醜陋骨骼的夫妻關係的寂寞和恐怖。他把健壯的、不如說是把笨重的背脊向著她做出睡覺的樣子。一個夏天的夜晚，良輔正在睡眠，被妻子吻了吻身體，他說夢話似的嘖嘖嘟喃了一句：「無恥！」便搧了妻子一記耳光，恍如拍打叮在自己身上的蚊子，完全無動於衷。

丈夫煽起悅子的妒嫉，並以此爲樂事，這是從這年夏天開始的。

悅子看見丈夫陌生的領帶不斷增多。一天早晨，丈夫把妻子喚到穿衣鏡前讓她結領帶。悅子憂喜摻半，手指顫抖，沒有把領帶結好。良輔有點掃興，離開了她，說：

「怎麼樣，款式不錯吧？」

「喲，我可沒注意。是很新穎呀，買來的嗎？」

「什麼，看妳那副樣子，妳就注意到了嘛……」

「……挺合適的。」

「敢情合適。」

良輔故意瞅了瞅書桌抽屜裡的那女人的手絹。不斷地浸泡著廉價的香水。更令人討厭的東西。這些東西在家中散發出韭菜般的惡臭……悅子劃了火柴，將他擺在桌面上的女人的照片一張張地燒掉了。讓她這樣做的，是丈夫的預謀的行動。丈夫回到家中，張嘴就問照片怎麼樣啦？悅子站在那裡，一隻手拿著砒霜，一隻手端著盛滿水的玻璃杯。他從悅子手上將悅子要呑服的藥打落在地。這一剎那，悅子摔倒在鏡子上，把額頭也劃破了。

這天晚上，不知道爲什麼丈夫愛撫得這麼熱烈！這是一時衝動的、僅是這一夜的風暴！這是幸福的污辱式的肖像畫！

……悅子決心第二次服毒的夜晚，丈夫回家來了……接著，兩天後發病……兩周後就死去了。

「頭痛。頭痛得難以忍受啊。」

良輔站在門口不想進屋，說了這麼一句。悅子覺得丈夫回來，彷彿是爲了阻撓自己方才要服毒的決心，並以此來折磨自己，平時嫌惡自己的丈夫回家帶來的喜悅，今晚眞的是不見了。她帶著淡漠的心緒，將手支在拉門上，俯視著在昏暗的門口坐下不動的丈夫而感到自豪。以死爲誘餌好不容易才贖回的自豪，竟然使自己沒有察覺到不知什麼時候那死的念頭會消失得無影無蹤。

「你喝酒了？」

良輔搖了搖頭，微微抬頭瞥了妻子一眼。他自己並沒有意識到這時他仰望妻子的眼睛會映現出妻子那如狗般的眼神，這是只能用嫌惡的感情去看的眼神。從這種停滯的熱切渴望的眼神，從這種對家畜在自己體內引起的病而莫名地不知所措、沈住氣訴苦般地仰望著主人的眼神，良輔大概感到在自己體內第一次產生了一種難以理解的東西，他有點忐忑不安了。這就是病。但所謂病又不僅僅是這種東西。

……此後十六天期間，是悅子最幸福的短暫時間……新婚旅行和丈夫的死，與這幸福的短暫期間何其相似啊！悅子與丈夫是奔向死的地方旅行的。與新婚旅行一樣，這是一種殘酷驅使激越的身心和不知疲勞的不厭倦的欲望和痛苦……高燒魘住、裸露胸口的躺臥著的丈夫，被死神的伶俐技巧所操縱，像新娘子一般地在呻吟。得了腦病的最後幾天，他像做體操似的忽然抬起上半身，伸出乾涸的舌頭，露了被牙齦滲出的血染髒成紅土色的前齒，大聲地笑了……新婚之夜的翌晨，在熱海飯店二樓的一個房間裡，他也曾這樣大聲地笑過。他打開窗戶，鳥瞰著緩緩起伏的草坪。飯店裡住著一家飼養西班牙產獵犬的德國人。這家人的一個五、六歲的男孩兒，想帶獵犬外出散步。這時，獵犬看見一隻貓從草坪的灌木叢後面穿過，就跑了過去。男孩兒忘了撒開手中的鎖鏈，被獵犬一拽，一屁股蹲在草地上了……看到這般情景，良輔天真而快活地笑了。他露出牙齒，無憂無慮地笑了。悅子從未見過他這樣放聲大笑。

悅子趿著拖鞋也跑到了窗邊。那草地上的晨光，與庭園盡頭的耀光連成了一片。由於坡度的巧妙布局，庭園盡頭彷彿緊連接海濱似的。兩人然後下到一樓大廳。掛在柱子上的信插張貼了一張寫著「請自由閱覽」的招貼，還插著各種顏色的導遊圖。經過這裡時，良輔順手從中抽出一張，等候端來早餐的這段時間，他麻利地把它折疊成滑翔機。餐桌就在臨庭園的窗邊。「瞧！」丈夫說。他從窗口將疊好的滑翔機朝海的方向放飛了……太無聊了。這只不過是良輔討好撒嬌的女子時所施展的得心應手的一招罷了……不過，那時候良輔確是眞心要取悅於悅子的。確是眞心要誆騙這位新妻的，多麼誠實啊！……悅子的家還有財產。是財主世家，眼下只剩下父女二人，是繼承戰國時代名將的血統的世家，擁有固定不變的財產。戰爭結束了。財產稅，父親的死，悅子所繼承的少得可憐的股票……且不說這些，住在熱海飯店的那天早晨，兩人是名副其實的兩個人。良輔的熱病，再次把兩人置於僅有兩人的孤獨中。悅子一無遺漏地、多麼貪婪多麼無聊地盡情享受著這出乎意料地重新降臨在她身上的淒慘的幸福！有些地方，她的看護，連第三者都背過臉去。

傷寒的診斷需費時日。長期以來，他被誤認為是古怪的頑固病毒性感冒。不時的頭痛、失眠、全無食慾……儘管如此，傷寒初期症狀的兩個特徵，間歇性發燒和體溫與脈搏的不均衡卻沒有出現。發病的頭兩天，頭痛和全身倦怠，沒有發燒。那次回家次日，良輔向公司請了假。

這一天，他難得整日像到別人家去玩的孩子，老老實實地拾掇東西就過去了。低燒的酸軟的體內，產生了一種莫名的不安。悅子端著咖啡走進了良輔的六鋪席寬的書齋。他身穿藏青色碎白花布便服，成大字形地躺在鋪席上。像要試試似的一個勁地緊咬著嘴唇。嘴唇沒有腫，他卻覺得腫了。

良輔一見悅子走進來就說：

「不要咖啡。」

她躊躇的當兒，他又說：

「給我把腰帶結轉到前面來。硌得難受……自己轉太麻煩啦。」

很久以來，良輔討厭悅子觸摸他的身體……連穿西服上衣，他都不願意讓妻子幫忙。今天不知他是怎麼回事。悅子將咖啡托盤放在桌面上。然後跪坐在良輔的身邊。

「妳幹麼呀！像個女按摩師。」丈夫說。

悅子將手探入他的腰身下面，把絞纈染花布腰帶的粗結拽了上去。良輔連抬也不想抬一下身子。肥厚的身軀妄自尊大地壓在悅子纖弱的手上，她的手腕痛極了。儘管疼痛，她還婉惜這動作僅用數秒鐘就完成了呢。

「這樣躺著，乾脆睡覺不好嗎?我這就給你鋪鋪蓋好嗎?」

「妳別管。這樣更舒服些。」

「好像比剛才更燒了，是嗎?」

「同剛才一樣。是正常體溫嘛。」

這時，悅子竟斗膽做出連自己都感到意外的動作。她把嘴唇貼在丈夫的額頭上測試了一下熱度。良輔一聲不言。眼睛在緊閉的眼瞼裡倦怠地活動著。他那油亮、骯髒、粗糙的額頭皮膚……對了，不久它將會變成傷寒特有的、失去發汗機能的、乾燥著火的額頭，變成失去常態的額頭……再不久，變成土色的死人額頭……

次日晚上開始，良輔的熱度突然升到三十九度八。他訴說腰痛，訴說頭痛。他不停地轉動著頭部，找枕頭上的涼爽的地方，弄得枕巾全是髮油和頭皮。從這天晚上起，悅子給他枕上冰枕了。他勉強接受了流質食物。悅子將蘋果榨成果汁倒在鴨嘴壺裡讓丈夫喝。次日早晨出診的醫生說:只是患感冒而已。

悅子心想:這樣，我看到丈夫終於回到了我的身邊，回到了我的跟前。猶如看到漂流到膝前的漂流物一樣，我蹲下來仔細地檢查了在水面上的這具奇異的痛苦肉體。我每天活像漁夫的妻子，每天都來到海邊孤身獨影地過著等待的生活。這樣，終於發現在峽灣岩石縫的混濁的水裡，漂浮著一具屍體。那是還有生命的肉體。我當場從水裡把它打撈上來了嗎？不！沒有打撈上來。那才是眞正孜孜不倦的努力和熱情，我只是熱心也蹲下來定睛凝視著水面。而且，一直看守著這具還有生命的軀體，直到它整個被水淹沒，再也不會呻吟，再也不會叫喚，再也不會呼出熱氣爲止……我知道，倘使讓這漂流物復甦，無疑它會立即拋棄我，然後被海潮送到無限的遠方，逃之夭夭。也許下次再也不會回到我的跟前。

她心裡還想：儘管我的看護存在無目的的熱情，可是誰能理解它呢？誰能理解丈夫彌留之際我所淌流的淚水原來就是同燒燬我自己每天的時光的這股熱情相告別的淚水呢？……

悅子想起丈夫躺在出租汽車車廂裡，前往與丈夫熟悉的小石川內科博士醫院住院當天的事。其後，住院的翌日，照片上的女人到病房來探視丈夫，她同這女人激烈地爭吵起來……這女人是怎樣打聽到的呢？難道是從前來探病的同事的嘴裡了解到的？按理說，同事是不了解任何情況的。抑或是那些女人像狗一樣，嗅到了病的氣味才知道的？……又一個女人來了。一個女人接連三天都前來。又另一個女人前來探視。兩個女人偶爾碰上，相互交換了蔑視的目光就匆匆離去……悅子不希望任何人前來侵犯唯有他倆存在的這個孤島。第一次給米殿發病危電報的，是在他斷氣之後。確定丈夫的病當天的事，在悅子的記憶中，是曾使悅子高興過的。提起這家醫院，二樓上只有三間並排的病房。走廊盡頭是一扇窗。從這殺風景的窗，可以瞭望到殺風景的市鎮的風景。那走廊上飄蕩著木餾油的氣味。悅子很喜觀這種氣味。每次丈夫陷入短暫的假寐時，她總是在走廊上來回走動，盡情地呼吸這股氣味。比起窗外的空氣來，這種消毒液的氣味更適合她的嗜好。淨化病和死的這種藥品的作用，也許不是死的作用，而是生的作用。這種氣味，也許就是生的氣味。這種劇烈的殘酷的藥品的體臭，猶如晨風能給鼻腔爽快的刺激。

丈夫已經連續十天四十度高燒，悅子就是坐在丈夫這樣的肉體旁。肉體被封閉在這種高燒之中，痛苦地尋找出路。他活像臨近最後衝刺的長跑運動員，鼓起鼻翼在喘氣。躺在被窩裡，他的存在化爲一種拼命不停地奔馳著的運動體。而悅子呢？……悅子在聲援。

「加油！加油！」

……良輔的眼梢上吊，他的指尖企圖切斷衝線。然而，這手指只不過是抓住了毛毯邊而已。那毛毯宛如充滿熱氣的乾草、而且散發著宛如躺在乾草上的野獸發出的嗆人的氣味。

早晨前來診察的院長，讓丈夫裸露出胸部來。這胸部由於急促的呼吸，顯得活活有生氣。一觸摸它，熱燙的皮膚就像噴出的溫泉湧到手指上。所謂病，說起來不正是一種生的亢進吧？院長把象牙聽診器按在良輔的胸部上，發黃的象牙聽診器壓出一點點的白色斑痕，旋即侵犯了充血的皮膚，到處泛起了不透明的薔薇色的小斑點。悅子目睹這種情況，詢問道：

「這是怎麼回事？」

「這是……」院長用厭煩似的口吻說。這種口吻卻又讓人信服這是充滿職業以外的親切感。「薔薇疹……就是薔薇花的薔薇，發疹的疹。過一會兒……」

診察過後，院長把悅子帶到門外，若無其事的說：

「是傷寒。腸熱病。血液檢查的結果也好不容易出來了。良輔君在什麼地方感染上這種病呢？據他說是出差期間喝了井水，是這樣嗎？……不要緊的。只要心臟沒問題，就不要緊的……當然，這是異型傷寒，診斷晚了……今天辦好手續，明天轉到專科醫院去吧。因爲這裡沒有隔離病房的設備。」

博士用乾癟的手指關節敲了敲貼有「防火須知」招貼的牆壁，半帶厭煩地期待著這個因看護病人弄得疲憊不堪而眼圈發黑了的女人的呼喚和傾訴。「先生！求求您了。請不要申報，就讓病人留在這兒吧。先生！病人一搬動就會死的。人的生命比法律更重要啊。先生！請不要讓他轉到傳染病醫院去吧。請關照一下，讓他住進大學附屬醫院的傳染病房吧。先生！……」博士以演繹式的好奇心等待著從悅子的嘴裡吐出來的這般老一套的哀訴。

然而，悅子卻沈默不語。

「累了吧？」博士說。

「不！」悅子以人們願意形容的「堅強」的語調說。

悅子不害怕感染。她想：這是唯一足以說明自己終於沒有受到感染的理由。她回到丈夫身邊的椅子上繼續編織毛線衣。快到冬天了，她在給丈夫織毛線衣。這房間，上午寒冷。她脫掉一隻草鞋，用這隻穿著布襪子的腳背，摩挲另一隻腳的腳背。

「病已經確診了吧？」良輔氣喘吁吁地操著少年說話般的語調問了一句。

「是啊。」

悅子站起身來，本想用含有水分的藥棉濕潤一下丈夫那因高燒而起了倒戧刺並裂璺的嘴唇。但是，她沒有這樣做，卻將臉頰貼在丈夫的臉頰上。病人長滿鬍渣的臉頰，猶如海邊的熱砂，燙著悅子的臉頰。

「不要緊的。悅子一定能把你的病治好的，不必擔心。倘使你死了，我也跟著你死（誰會注意到這種虛偽的誓言呢！悅子不相信作證的第三者，甚至也不相信神這個第三者）……不過，這種事絕不會發生的。您一定、一定會痊癒的！」

悅子在丈夫起倒戧刺的嘴唇上瘋狂地親吻。嘴唇不斷地傳出了宛如地熱的熱氣。悅子的嘴唇滋潤著丈夫那像長滿刺的薔薇似的滲出鮮血的嘴唇……良輔的臉，在妻子的臉下掙扎著。

……纏著紗布的門把手動了，門扉微微敞開了。她注意到這一動靜，離開了他的身體。護士在門後用眼睛向悅子示意：請她出來一會兒。悅子走到廊道上，只見一個憑倚在窗邊上的身穿長裙、上罩毛皮短外套的女人，立在走廊的盡頭。

她就是照片上的那個女人。乍看她像個混血兒。她的牙齒完美無暇得像一口假牙，鼻孔像翼的形狀。她手持的花束那濡濕了的石臘紙，沾在深紅的指甲上。這女人的姿勢，有點像用後肢立起走路的野獸，身體不能自由動彈。也許是年近四十，外眼角的小皺紋如隱蔽的伏兵會突然出現似的。看上去是二十五、六歲。

「初次見面！」女人招呼了一聲。

她的話音，帶點說不清是什麼地方的口音。

在悅子看來，糊塗的男人的確會將這女人當作神祕的人物而加以珍視的。就是這女人一直使自己痛苦。對悅子來說，那種痛苦和這種痛苦的實體之間，很難引起瞬間的聯想。悅子的痛苦，早已成長爲與這種實體無緣的東西（儘管這是一種奇怪的說法）如今成爲更具獨創性的一種東西了。這女人是被拔掉了的齲齒。再也不使她感到痛苦了。好像治癒了假裝的微不足道的病以後又被迫面臨眞正的絕症病人那樣，悅子認爲這樣一個女人就是使自己痛苦的原因，這種想法只能看作是對自己的一種懦怯的馬虎的判斷。

女人出示了一張男人的名片，說是代表她丈夫前來探視病人的。是悅子丈夫的公司經理的名字。悅子說，病房謝絕會客，不能領她進去。頓時女人的眉宇間掠過了一道陰翳。

「但是，我丈夫囑咐我親自來看看病人的病情。」

「我丈夫的病情，已經到了不能會見任何人了。」

「我只求見一面，對我丈夫好有個交待。」

「您先生親自來的話，我就讓他見見。」

「爲什麼我丈夫能見，我就不能見呢？哪有這種不合情理的事呀。聽您的口氣，好像在懷疑什麼？」

「那麼，是不是要我重申一遍謝絕會見任何人，您才安心理得呢？」

「這話有點不太合適了吧，您是太太？是良輔先生的太太？」

「除了我以外，沒有哪個女人是管我丈夫叫良輔的。」

「請別這麼說。拜託啦，讓我見見吧。我懇求您吶。這個，微不足道，請您放在他身邊作裝飾用吧。」

「謝謝。」

「太太，請讓我見見吧。他的病情怎麼樣呢？不要緊吧？」

「是活是死，誰也不知道。」

這時，悅子的嘲笑對女人的刺激很大。女人忘了檢點，盛氣地說：

「那麼，好吧，我隨便進去見見。」

「請！只要您不介意，就請便吧！」悅子站在前面，回過頭來說。

「您知道我丈夫患的什麼病嗎？」

「不知道。」

「是傷寒病。」

女人戛然卻步，立即變了臉色。嘟噥了一句：

「是傷寒？」

她無疑是個無知識的女人。猶如老闆娘一聽說肺病就作出驚愕的反應一樣，她嘴裡不停地念叨：吉祥如意，吉祥如意。這女人很可能還會劃十字架吶。賤貨！磨磨蹭蹭，什麼勁兒嘛？……悅子和藹地打開了房門。對這女人出乎意料的反應，悅子十分高興。不僅如此，悅子還將靠近丈夫頭部的椅子推到更接近病床，勸女人坐下。

事情既已發展到這地步，女人只好硬著頭皮走進病房。讓丈夫看看這女人的恐懼，是一大樂事啊！

女人把短外套脫下，猶猶豫豫不知放在哪兒。放在帶病菌的地方是危險的，把它遞給悅子也是危險的。悅子肯定侍候丈夫解糞便。結果還是不脫保平安……她又把它穿上，然後將椅子挪得離病床很遠處，這才坐了下來。

悅子按名片上的名字告訴了丈夫。良輔只向女人瞥了一眼，沒有言語。女人蹺起二郎腿，臉色蒼白，默默無言。

悅子像個護士似的，站在女人的背後，凝視著丈夫的表情。不安的心緒使她喘不過氣來。心想：倘使丈夫、倘使丈夫一點也不愛這女人，怎麼辦？我不就白白痛苦一場了嗎？丈夫和我不就成了只不過做了一場徒勞的折磨的遊戲了嗎？這樣一來，我的過去不就成了唱空虛的獨腳戲了嗎？現在，我無論如何必須從丈夫的目光中找到他對這女人的愛，否則就活不下去。萬一丈夫並不愛這女人，以及我謝絕會見的三個中的任何一個女人……啊，事到如今，這種結果太可怕了！

良輔依然仰臥著，羽絨被在動。羽絨被已經險些滑落。良輔的膝頭還在動，被子順著病床沿滑落下來了。女人悄悄縮了縮腳，無意伸手去撿。悅子驅上前去，將被子重新蓋好。

這數秒之間，良輔把臉朝向女人。悅子忙著給他蓋被子，無法發現這般情狀。然而，她憑直感，知道這時丈夫與女人互相遞了眼神。互相遞了藐視悅子的眼神……這個連續高燒的病人……雙眉頻蹙，浮現了一絲微笑，同那女人在擠眉弄眼。

雖說是憑直感，其實是悅子通過當時丈夫的臉部表情體察到的。她體察到，而且感覺到光憑一般的了解辦法，誰也不會了解到這份上，也就釋然了。

「不過，您，不要緊的，會治好的。您很大膽，不會輸給任何人的。」女人抽冷子用毫不隱諱的口吻說。

良輔那鬍渣臉頰上浮現出溫存的微笑（這種微笑，他從沒有向悅子流露過，哪怕是一次）他氣喘吁吁地這麼說道：

「遺憾的是，這種病症沒能傳染給妳。妳遠比我更能經受得起折磨。」

「啊，這話未免太失禮啦。」

女人第一次衝著悅子笑了。

「我，我受不了啊！」

良輔重複了一遍。一陣不吉利的沈默。女人猝然發出了嗚囀般的笑聲……

幾分鐘之後，女人走了。

這一夜，良輔併發了腦病。傷寒菌侵入了腦子裡。

樓下候診室裡收音機在高聲地播放著。那是喧囂的爵士音樂。

「眞受不了啊！分明有重病人，收音機聲竟肆無忌憚……」良輔訴說了頭部劇痛，艱難地說了這麼一句。

病房裡的電燈掛上了包袱皮半遮掩著，爲的是讓病人不晃眼。這是悅子沒有借助護士的手，自己站在倚子上將麥斯林紗包袱皮繫在燈上的。透過紗包袱皮的光，照射在良輔的臉上，反而投下了濃綠色的不健康的影子。在這影子中，他那雙充血的眼睛噙著熱淚，充滿了憤怒。

「我下樓讓他們將收音機關掉吧。」

悅子扔下了這句話，放下手中的毛線活，站起身來剛走到門邊，背後立即響起一陣可怕的呻吟聲。

這像是遭到蹂躪的野獸發出似的吼叫。悅子回過頭去，良輔已經在床鋪上支起了上半身，雙手像嬰兒的動作，猛抓住羽絨被，轉動著眼珠子在望著門口。

護士聽見聲音，走進了病房。敦促著悅子幫她的忙，她簡直像收拾折疊椅一樣，讓良輔的身體橫躺下來，將他的兩隻胳膊放進羽絨被裡。病人呻吟著聽任她的擺布。片刻，他將目光到處掃視了一遍，呼喊道：

「悅子！悅子！」

……這天深夜，良輔叫喚著含意不清的話：「眞黑！眞黑！眞黑！眞黑！」從病榻上跳了下來，把桌面上的藥瓶和鴨嘴壺打翻在地板上，地板上濺滿了玻璃碴子，他赤腳走在上面，扎得滿腳是血。包括勤雜工在內的三個男人跑了過來，這才制止住了。

……翌日，注射了鎮靜劑的良輔，被人用擔架抬上了救護車。六十多公斤重的軀體並不算輕。而且，那天一大早就下雨，從醫院門廳到大門這段路，是由悅子撐著雨傘相伴的。

傳染病醫院……在雨中，它的影子投在坑坑窪窪的柏油行人天橋的那邊。這種殺風景的建築物逼將過來的時候，悅子以多麼喜悅的心情凝視著它啊！……孤島的生活，悅子渴望已久的理想的生活形態即將開始了……再也不會有誰能夠追到這裡面來了。誰也不能進來了……這裡面，只有以抵抗病菌作爲唯一存在理由的人們在生活。承認生命的不間斷，承認無須忌諱粗野的沒有規範的人眼目……夢話、失禁、便血、吐瀉物、惡臭……這些東西在擴展著，而且這些東西每秒鐘都在要求承認生命的粗野、無道德……正像在菜市場上吆喝芹菜價錢的商販那樣，這裡的空氣每時每刻都必須不斷地呼喚：「活著，活著」……這忙亂的車站，生命在進進出出，有出發也有到達，乘客有下車也有上車……背著傳染病這種明確的存在形式而被統一了的這些運動群體……在這裡，人類同病菌的生命價值往往接近於同等價值，患者和看護人都化身爲病菌……化身爲那無目的的生命……在這裡，生命僅僅是爲了獲得承認而存在，因此不存在煩人的欲望。在這裡，幸福主宰一切。也就是說，幸福這種最容易腐敗的食物，是處在完全不能吃的腐敗狀態……

悅子在這種惡臭和死亡中，貪婪似地生活著。丈夫不斷失禁，住院翌日便血。發生了令人畏懼的腸出血。

儘管接續高燒，可是他的肉體沒有瘦削，也沒有蒼白。毋寧說，在堅硬的窮酸的病床上，他那帶光澤的紅撲撲的軀體，如嬰兒般地閒著無事。已經沒有力氣折騰了。他時而懶洋洋地雙手捧腹，時而用拳頭上下撫摸胸口。偶爾還將手不靈便地舉在鼻孔前張開五指，嗅嗅它的氣味。

提起悅子……她的存在已是一種眼神，一種凝視。這雙眼睛全然忘卻了關閉，猶如任憑無情的風雨吹颳進來也無法防禦的窗戶。護士們對她這種狂熱的看護都瞠目而視。在散發著失禁惡臭的這個半裸病人的身旁，悅子一天充其量只能瞇上一、二個鐘頭。即使在這種時候，她也會做夢，夢見丈夫一邊呼喚自己的名字，一邊把自己拽進深淵，夢至此就驚醒了。

作爲最後的措施，醫師建議給病人輸血。同時又委婉地暗示這是沒有指望的一種措施。輸血的結果，良輔稍稍安靜一些，繼續沈睡了。護士手拿付款通知單走了進來。悅子來到走廊上。

一個頭戴鴨舌帽、臉色不佳的少年，站在那裡等候著。一見她走來，他就默默地摘下帽子，施禮致意。他左耳上方的頭髮中有一片小禿點。眼睛稍斜視，鼻肉甚單薄。

「你幹麼？」悅子問道。

少年只顧擺弄帽子，右腳一味在粗糙的地板上畫著圈圈，沒有回答。

「哦，是這個吧！」悅子指著付款通知單說。

少年點點頭。

……悅子望著領了錢離去的、穿著污穢工作服的少年的背脊，心想：眼下良輔體內循環著的血，就是這個少年的血啊！這樣做，是無濟於事的！應該讓有更多餘的血的男人賣血才好。讓這樣的少年賣血，是一種罪惡。爲什麼不讓有多餘血的男人？……悅子驀地想起病榻上的良輔。把良輔淨是病菌的過剩的血賣掉才好。把這樣血賣給健康的人才好……這樣一來，良輔就會健康起來，而健康的人就會生病……這樣一來，撥給傳染病醫院的城市預算也就會有效……然而，不應讓良輔健康起來。一康復，他又要逃跑，又要飛掉……

悅子朦朧地感到自己是在混濁的思考軌跡上運行。突然，太陽西沈，四周暮色蒼茫了。窗口展現白花花的朦朧暮色……悅子倒在走廊上，不省人事了。

她患的是輕度腦貧血症，人們強令她在醫療部作短暫的休息。就這樣，約莫休息了四個鐘頭，護士前來通知說：良輔在彌留之際。

良輔的嘴唇銜著悅子的手所支撐的輸氧器，看上去他似乎在說些什麼。丈夫爲什麼要用那種無法聽見的語言，拚命地，毋寧說愉快地、接連不斷地在說話。

這時……悅子我盡量支撐著輸氧器。最後我的手僵硬了，我的肩膀麻木了。我用叫喚似的尖銳的聲音說：「請誰來替我一下好嗎？快點！」護士嚇了一跳，她替代我拿起了輸氧器……

其實，我並不疲勞。我只是害怕。害怕那，不知銜著誰說話的丈夫那無法聽見的話……難道又是我的嫉妒？抑或是我對這種嫉妒所產生的恐懼？這就不得而知了……如果我連理性都喪失的話，也許我就會這樣叫喊：

「趕快死吧！快點死吧！」

其證據是，即使到了深夜，良輔的心臟依然跳動，沒有停止的徵兆。這時，兩個去睡覺的醫師交頭接耳地說：「說不定得救了。」我不是以憎惡的目光送走了他們嗎？……丈夫且不死呢。這一夜，就是我和丈夫的最後鬥爭……

這個時候對於我來說，假使丈夫活過來，丈夫同我之間想像的幸福的不可靠性，與目前丈夫的生命的不可靠性幾乎是同樣性質的。要是獲得那種靠不住的幸福，我寧可獲得片刻短暫的幸福。這時，我覺得比起盼望丈夫那靠不住的生來，倒不如看到他確實的死更容易些。事到如今，我的希望聯繫著丈夫所能維持的每時每刻的生命，就如同希望他死一樣……然而，丈夫的肉體還活著。在企圖背叛我……醫生透露願望說：「或許是最危險期」……嫉妒的記憶又復甦了。我將眼淚灑在右手抱著的良輔的臉上。而且，我的左手好幾次想從他的嘴裡把輸氧器拔掉。護士在椅子上打瞌睡。夜間的空氣冷颼颼的。透過窗戶，可以望見窗那邊新宿站的信號機和徹夜都在轉動的廣告燈的燈火。汽笛和隱隱的車輪聲，夾雜著疾馳的汽車的喇叭聲，在空氣中劇烈地旋蕩。我用毛線披肩擋住了從領口悄悄鑽進來的冷空氣……現在，即使把輸氧器拿掉，也不會有人知道的，沒有一個人在看我。我不相信有人眼以外的目擊者……但是，我下不了手。直到拂曉，我不時倒手拿著輸氧器。一直如此……是什麼力量促使我下不了手呢？是愛情？不是。絕對不是。……因爲我的愛是一心一意盼著他死……是理智？也不是。我的理智僅在確認沒有目擊者就足夠了……是怯懦？也不會。連傷寒病的感染都不害怕我怎麼會！……至今，我仍然不清楚那是什麼力量。

……但是，我明白了，在黎明前最嚴寒的時刻，這是沒有必要的。天空吐白。隨著清晨的到來，理應映出朝霞的雲朵的斷層，卻一味使上空的氣氛愈發險惡了。良輔的呼吸突然變得明顯的不規則。好像吸夠乳汁的嬰兒那樣驀地背過臉去，拿掉臉上的輸氧器，就像把線切斷了一樣。我沒有驚訝。我把輸氧器放在他的枕邊，從腰帶間掏出一面手鏡。這是我兒時母親過世遺留下來的紀念品，背後還貼有紅錦緞的古色古香的手鏡。我把它貼近丈夫的嘴邊，鏡面也沒有模糊。鬍子鑲邊的嘴唇清晰地映在鏡面上，他彷彿要訴說什麼不平……

……

……悅子所以願意應彌吉的邀請來到米殿，也許是因爲她打算去傳染病醫院，不是嗎？她所以到這兒來，也許是因爲她打算回到傳染病醫院，不是嗎？

越體味就越覺得杉本家的氣氛，與傳染病醫院的氣氛一模一樣，不是嗎？無可名狀的靈魂的腐蝕作用，用肉眼看不見的鏈條把悅子緊緊地鎖住了……

彌吉爲了催要翻修的衣服到悅子房裡那天晚上，確實是在四月中旬。

那天晚上直至十點光景，悅子、謙輔夫婦、淺子和兩個孩子、三郎，還有女傭美代都齊聚在八鋪席寬的工作間裡，忙著製作裝枇杷用的紙袋，今年的枇杷活兒開始稍晚了些。往年從四月初就開始裝袋，可今年是竹筍豐年，大家只顧收竹筍而把枇杷的活計稍許耽擱了。倘使不趁枇杷長到指頭般大的時候套上紙袋，就會長象鼻蟲把果汁全部吸盡的。所以，必須糊數千個紙袋，大家圍坐在盛漿糊的鍋前，一個個拿著摞在自己膝旁的舊雜誌頁，你追我趕地賽著糊紙袋。偶爾發現一些有趣的頁，也無暇看上一眼，因爲不趕緊糊，就追趕不上了。

特別是夜間作業，謙輔那張帶難色的臉色就很是值得看看了。他一邊糊紙袋，一邊一個勁地抱怨：

「眞膩味，簡眞是奴隸勞動嘛！有什麼理由強迫我們幹這種活計啊！老爸已經先睡了吧。好主意啊。這種活計幸虧大家順從地幹了。鼓起勇氣鬧一場革命如何？不掀起一場提高工資的鬥爭，老爸就更得意忘形了。喂，千惠子，提高工資一倍怎麼樣？不過，我這號人的工資是零，就是提高一倍也白搭……什麼呀，這本雜誌刊登了『華北事變之時的日本國民精神』眞令人震驚……在它的背後卻登了『非常時期下的四季菜譜』……」

大家已經糊了十個紙袋，可謙輔由於發了這通牢騷，好不容易才糊了一、二個。或許他意識到自己幾乎等於零的生活能力，正在大家面前暴露，所以動不動就喋喋不休地抱怨，聊以解嘲。他估計自己有可能當衆出醜，從而搶在別人的前頭，做好出洋相的準備。其實，他的這股子喧嚣勁，在能夠對等爭吵的光榮中懷著滿腔尊敬丈夫的千惠子的眼睛裡，似乎映現出某一種冷嘲的英雄形象來。她所以不時抱怨公公，是因爲看透了一般體貼丈夫的女人的感情，與丈夫一道在內心裡竭盡全力地輕蔑公公。這樣一個天才女人，除了糊自己份內的紙袋以外，還要伸過手去悄悄幫助丈夫糊好丈夫的份額。悅子看見她這份柔情，自然地在嘴角泛起了一絲微笑。

「悅子糊得眞快啊！」淺子說。

「我來作中間報告。」

謙輔說著挨個檢查糊好的紙袋數。悅子第一，糊了三百八十個。

淺子對此毫無感受，三郎和美代子天眞地驚愕不已，謙輔夫婦對悅子的能力似乎感到有點毛骨悚然。悅子也知道他們會這樣。特別是對謙輔來說，活像生活能力的代名詞的這些數目，對他是個莫大的譏諷。所以，他挖苦說：

「嘿，咱們當中，唯獨悅子靠糊紙袋能吃得上飯。」

淺子認眞地接受了這句話，問道：

「悅子，妳過去是不是有糊信封的經驗呢？」

悅子很不喜歡這些人仰仗農村的微不足道的名聲和戀戀不捨的階級偏見。戰國時代的名將後裔的血，是絕對不能容忍這些暴發戶的劣根性存在的。她故意順勢反擊說：

「嗯，有啊！」

謙輔和千惠子面面相覷。議論秀氣的、乍看溫文爾雅的悅子的素質，就成了當晚枕邊的熱門話題了。

那時候，悅子對三郎的存在，幾乎沒有給予稱得上是注意的注意。甚至他的姿態都沒有明晰的印象。這也是很自然的。三郎一言不發，不時對主人的家屬們的閒聊，露出了微笑，同時用笨拙的手在埋頭糊紙袋。他經常上身穿滿是補釘的襯衫，再套一件彌吉送的不合身的舊西服，只有下身穿了一條嶄新的草黃色褲子。在昏暗的燈光下，他低著頭，端端正正地跪坐在那裡。直到八、九年前，杉本家一直使用白熱煤氣燈。了解過去的人們都說，他們覺得還是煤氣燈更亮些。自從裝上電燈以後，反而只好依靠微弱的電力，微弱得一百瓦的燈泡只能發出四十瓦的光。收音機只有在晚上才能收聽到。有時由於氣象變化，就完全收聽不到了。……對了，說一點兒也沒有給予注意，這不是眞實的。悅子親自糊紙袋，不時被三郎那笨拙的手所吸引，這粗粗的木訥的手，令悅子著急起來了。她望了望身旁，只見千惠子正在幫助丈夫糊紙袋。悅子也漠然地覺得幫幫三郎也沒有什麼可奇怪的。這麼想著的時候，坐在三郎身邊的美代，趕巧糊完了自己的份額，開始幫忙三郎。悅子目睹這般情景，也就釋然了……

她想：那時候，我放心了。對了，絕沒有感到什麼妒嫉。甚至免除了負擔，稍微感到輕快些了。……這回，我有意識地極力不看三郎一眼。這種努力並不費事……我的沈默、我的俯首跪坐的姿勢，以及我的專心致志，儘管我不看三郎一眼，但最後我也不知不覺地竟模仿起三郎的沈默、姿勢和專心致志來了……

……但是，任何事情也沒有發生。

到了十一點鐘，人們各自奔向自己的寢室。

這天夜裡一點，悅子正在房間爲彌吉翻修衣服，彌吉走了進來，一邊抽著煙斗，一邊問悅子睡眠怎樣的時候，她有什麼感受呢？每天夜裡都朝向悅子寢室的老人的耳朵，整夜傾耳靜聽隔著走廊的悅子房間裡起居動靜的老人的耳朵……大家已經沈睡，在夜深人靜中，就像孤獨的動物屏住氣息、徹夜不眠的這雙耳朵的存在，猝然使悅子感到親切。所謂老人的耳朵，不就像清淨而充滿智慧的徹底洗淨了的貝殼那樣嗎？人類的頭部最像動物模樣的耳朵，在老人的頭上活像智慧的化身。悅子所以覺得彌吉的這種心態不一定是醜陋，原因也許就在於此？抑或是她通過智慧而感受到他的照顧和愛呢？……

不，不，這種美名未免太牽強附會了。彌吉站在悅子的後面，望了望柱子上的掛曆，說：

「什麼啊，眞夠拖沓的。還是一周前的老樣子。」

悅子稍稍回過頭來說：「啊，眞對不起。」

「有什麼可對不起的。」

彌吉悅聲嘟囔了一句，接著傳來了連續撕碎日曆的聲音。聲音中斷了。悅子旋即感到肩頭被人擁抱住，猶如冰涼的矮竹般的手，探入了她的胸窩。她用軀體稍許反抗，卻沒有呼喊。並非想喊而喊不出來，而是沒有喊。

悅子這瞬間的思緒應該作如何解釋呢？或許這不過是自甘墮落？貪圖安逸？或許她接受了，像口渴的人連漂浮著鐵繡的濁水也要把它喝下？不會是那樣的。悅子並不渴嘛。不期望什麼，早就成了悅子的秉性。她似乎是爲了再次尋求傳染病醫院——那種叫做傳染病的可怕的自我滿足的根據地，才來到了米殿村的吧……悅子大概只不過是像溺水者出於無奈而咽了海水一樣，遵循自然規律把它喝下去罷了。不期望什麼本身，就是喪失了取捨選擇的權限。既然如此，就得把它喝盡。哪怕是海水……

……然而，此後在悅子的臉上，也看不出溺死女人的那種苦澀的表情。也許直到彌留之際，她的溺死就不被人發覺，只此而已。她沒有呼喊。這女人是主動地用她自己的手來堵住自己的嘴的。

四月十八日的遊山的日子。這地方將觀花叫做遊山。這裡的習俗是，這一天人們終日休息，全家暢遊山間，探尋櫻花。

杉本家的人們，除了彌吉和悅子以外，近來吃一種叫做筍泥的筍屑，吃傷了。本是傭農的大倉，把貯藏在小倉庫裡的竹筍裝上拖車，運到市場去出售。按質分一等、二等、三等，按等論價。這些裝車運往市場後剩下來的筍，其實是打掃小倉庫清掃出來的大量筍屑，杉本家的人們四、五兩月必須吃掉一鍋鍋的筍屑。

可是，遊山這天卻很講究排場。漆套盒裡裝滿了美食佳肴，抱著花席子，偕同一家前去遊山，在鄉村小學走讀的淺子的長女最爲高興的，是這一天學校也放假了。

悅子想起來了……這是像在小學課本插圖裡所描繪的明媚的春天景色中度過的一天。大家都成了簡明插圖中的人物。或許早已擔任了其中的角色……

空氣中充滿了可親的肥料的氣味——在村裡人的互相親熱中，總覺得有那種肥料的氣味——還有那漫天飛舞的昆蟲，充滿樂褐角和蜜蜂慵懶的振翅聲的空氣，沐浴在陽光下的燦爛的風。在風中翺翔的燕腹……遊山的清晨，人們在家中作準備，忙煞了。悅子把什錦飯團的盒飯準備妥當後，透過帶欞子的窗戶，望見淺子的長女獨自在通往大門口的石台階旁邊遊戲。由於母親的惡作劇，她身著一件像菜花原色的長袖對襟黃毛衣。這八歲的小女孩兒低著頭蹲在那裡幹什麼呢？一看，石台階上放置了一只冒著熱氣的鐵壺。八歲的信子出神地定睛望著在石頭和泥土縫間蠕動著的小動物……

那原來是將熱水灌進了巢穴口後漂浮出來的密密麻麻的螞蟻，是在溢出蟻穴口的熱水中掙扎著的無計其數的螞蟻。快滿八歲的女孩，把剪短髮型的腦袋深深地埋在雙膝之間，一聲不響地直勾勾盯視著這番景象。她雙掌捂住臉頰，連頭髮飄在臉頰上也無意把它拂開。

……看見這種情景，悅子體味到一種爽朗的感情。在淺子發現鐵壺被拿走、她從廚房裡出來叫喚女兒以前，悅子一直眺望著信子那小小的脊背——她身上的黃毛衣微微捲了起來——簡直就像是望著某個時期自己的姿影一樣……打這天起，悅子開始用母親僅有的感情去愛護這個與其母一樣長相醜陋的八歲的女孩兒。

臨出發時，在決定誰在家留守這個問題上，出現了小小的摩擦，結果大家採納了悅子的妥當意見，由美代承擔留守了。悅子看見自己的漫不經心地提出的意見就這樣毫不費事地通過，不禁瞠目結舌了。其實，理由很簡單，因爲彌吉支持了她的意見。

從杉本家的土地盡頭到鄰村的小路上，她們開始排成一路縱隊行進的時候，悅子再次感到震驚的是，這一家族無意識地養成了令人不快的敏感的反應。這樣敏感的動物式的反應，如同工蟻對其他蟻穴的工蟻、女王蟻對工蟻，或工蟻對女王蟻，它們僅憑觸覺和氣味就能嗅出來……然而，這一行人很自然地依次排成：彌吉、悅子、謙輔、千惠子、淺子、信子（比信子小的、五歲的夏雄已托付給美代），還有背用蔓草花紋包袱皮包裹的大包袱的三郎在殿後。

這一行人從距房後稍遠的田地一角穿了過去。這片土地是彌吉戰前栽種葡萄的地方，戰後他才完全放棄了種植。三百坪土地中的一百坪種植了矮矮的、花兒盛開的桃林。其餘的土地一派荒蕪，有三間已經歪斜的溫室，颱風幾乎把它所有的玻璃窗都颳破了，有腐鏽而積著雨水的汽油筒，有在化成野生葡萄上的藤蔓……還有灑落在稻草堆上的陽光。

「眞荒蕪啊！這回賺到錢就修理吧。」彌吉一邊用粗藤手杖捅了捅溫室的柱子一邊說。

「爸爸總是這麼說，可這溫室大概將永遠保持這般模樣啦。」謙輔說。

「你是說永遠也賺不到錢嗎？」

「不是這個意思。」——謙輔多少來勁兒，爽朗地說道：「因爲爸爸賺到的錢，用作修理這溫室的往往是，不是太多就是太少啊。」

「不錯。你是繞著彎子說，給你的零花錢要麼太多，要麼太少，對吧？」

說著說著，一行人不覺間已經來到了夾雜著四、五棵山櫻的小山頂上的松林。這一帶，沒有什麼聞名的櫻林，所謂觀花，無非是在僅有的山櫻下攤開花席子罷了。可是，各株櫻樹下早已被捷足先登的農民佔用了。他們看到彌吉一行人，便和藹可親地施禮招呼。但是，無意像往昔那樣將位置讓給他們。

爾後，謙輔和千惠子一直在竊竊地嘀咕著農民們的壞話。大家按彌吉的指點，在大致能望及櫻花的斜坡一角上，攤開了花席子。一個熟悉的農民——這個五十光景的漢子，身穿處理的方格花紋西服，繫著一條紛紅色領帶——手拿酒壺和酒杯，特意前來勸酒……謙輔滿不在乎地接過酒杯，一飲而盡。

爲什麼呢？要是我，就不喝下這杯酒。——悅子一邊望著此刻的謙輔，一邊犯傻地在思考。思考著一些不值得思考的問題——謙輔爲什麼要接受那杯酒呢？他不是一直在說這人的壞話嗎？倘使眞想喝酒，接受敬酒也沒有什麼奇怪的，可是一看就會明白，謙輔絕不是因爲想喝什麼酒，只是因爲對方不知道謙輔在說他的壞話才前來敬酒，謙輔感到高興才喝這種酒的。這是一種無聊的小小不知廉恥的喜悅、嘲笑的喜悅、暗自輕蔑一笑的喜悅……世上竟有專爲完成這種任務而誕生的人，上帝是多麼喜歡幹這種徒勞的事啊！

其次，千惠子接受了敬酒。理由只是丈夫已經喝了。悅子拒絕了。這樣，在她是個古怪女人的傳聞上，又增加了一條理由。

這天全家團圓，蕩著一種好不容易才造成的秩序的氣氛。其實，悅子並非全都是一五一十地以不悅的神色來接受的。她滿足於彌吉無表情的高興，以及在他身旁的無表情的自己之間猶如兩種物體的無表情的關係。滿足於三郎訥訥不擅於言的沒有話伴而顯得無聊的模樣。還滿足於對謙輔夫婦佯裝通情達理的反感，以及滿足於淺子的身爲母親的那副感覺遲鈍的模樣。這些秩序不是別人而正是悅子造成的。

信子手拿小野花靠在悅子的膝上，探問道：「伯母，這種花叫什麼花？」悅子不曉得這花名，就問了三郎。

三郎瞧了瞧，馬上將花兒遞到悅子手裡，答道：

「嗯，這叫村雀花。」

比起花名的奇異來，他把花兒退還時的胳膊動作的迅速晃眼，更使悅子驚愕不已。聽覺敏銳的千惠子聽見了他們這番交談後說：

「他佯裝什麼都不曉得，其實不然。你不信，讓他唱首天理教的歌試試。他居然學會了，令人欽佩啊！」

三郎漲紅著臉，把頭耷拉下來。

「唱呀，唱唱嘛。有什麼不好意思的呢。唱唱嘛！」千惠子說著，掏出一只煮雞蛋，「那麼，這個給你，唱吧！」

三郎瞥了一眼千惠子手中的雞蛋，千惠子的手指上戴著鑲有廉價寶石的戒指。他那雙小狗般的黑眼珠閃動著銳利的光芒，接著說道：

「我不要雞蛋，我來唱。」

說罷，他的臉上浮現出一絲勉強的微笑。

「什麼萬世的夥伴！」

「是遙望……」

他恢復了認真的表情，把視線投向遙遠彼方的鄰村，背誦敕諭似地背誦起來了。鄰村是塊小盆地。戰爭期間，陸軍航空隊的基地就設在這裡，將校軍官們是從這裡的牢固而隱蔽的建築物往返螢池飛機場的。那邊小河畔栽有櫻樹。興建了一所擁有小巧整潔庭院的小學。小學裡也栽有櫻樹。可以看見兩三個孩童玩架在沙地上的單槓。看上去恍如被風吹而翻動著的小小的廢團線。

三郎背誦的，是這樣一首詩：

遙望萬世的夥伴
主旨糊塗不明白
不曾告知何道理
委實難怪不明白
此番神靈顯尊態
彷彿對我來細說……

「戰爭期間，這首詩歌是被禁止的。因爲『遙望萬世的夥伴，主旨糊塗不明白』，從邏輯來看，就把天子也包括在內了。據說，是情報局禁止的。」彌吉表現出他的學識淵博。

……遊山這一天，什麼事也沒有發生。

此後過了一周，三郎按往年慣例請了三天假去天理參加四月二十六日的大祭祀。他在故鄉的教會集體宿舍與母親相會，一起去參拜大殿。悅子沒有去過天理。她曾聽說：這座雄偉的大殿是用全國教友的捐贈和稱作「檜新」的義務勞動建造起來的。大殿正中央築有一名叫「甘露台」的壇，據說一旦世界末日就會降下甘露的這個壇，每到冬天，風就會夾著幾片雪花，從它的上方天窗似的通風口的屋頂上飄落下來。「檜新」……這個詞，含有新木的香的意思。含有光明的信仰和勞動的喜悅的反響。據說，上了年紀不堪勞動的人參加時，就讓他們用手絹包土運送……

悅子心想：……這些事都無關緊要。三郎不在僅僅三天，不管怎樣，對我來說，他的不在所帶來的感情，才是眞正的新的感情。猶如園藝師把精心栽培的大桃子放在掌心上掂量時的愉悅一樣，我也把他的不在放在掌心上掂量，以此爲樂。若問這三天他不在是不是會寂寞呢？絕不會的。對我來說，他的不在，彷彿是一種充實而新鮮的有分量的東西。這就是喜悅。家中的每一角落，我都能發現他的不在。諸如在庭院、工作室、廚房，以及他的寢室……

……他的寢室那扇外凸窗戶上晾曬著棉被。是藏青色粗布套的薄棉被。悅子到屋後的地裡去摘小松葉，準備晚餐做涼拌芝麻小菜用。三郎的寢室朝西北，下午西曬。連室內深處的破隔扇上也灑滿了陽光。當時，悅子走過去，不是爲了窺視室內，而是被夕照中飄逸著的淡淡氣味、像俯臥在向陽處的小動物散發出的氣味所吸引。她自然地站在棉被旁，久久地站在那稍稍磨損的結實的粗布發出皮革似的氣味和光澤中，彷彿觸摸到有生命的東西似的，稀奇地用手指去按了按它。手指感覺到棉花已曬得鬆軟，內裡充滿了暖烘烘的彈力。

悅子離開那裡，從經常來往於屋後田地的柯樹蔭下的石階慢慢走了下去……

……於是，悅子等得不耐煩，好歹再次進入了夢鄉。

第三章

燕窩空了。昨天以前確實還有燕子在。

二樓謙輔夫婦的房間，朝東朝南開著兩扇窗。夏季裡，一窩燕子就在門廳的簷下搭窩，從朝東的窗可以望及，它已成爲熟悉的景致。

悅子到謙輔的房間還書去。她憑依在窗欄杆的時候，發現了這種情況，說：

「燕子已經全飛走了。」

「比這更重要的，就是今天可以望見大阪城哩。夏天空氣混濁，是不容易望見的啊。」

謙輔將這之前躺著閱讀的書合上，然後打開了朝南的窗，指了指東南方地平線上的蒼穹。

從這裡眺望大阪城，它不像是建在堅實的土地上，倒像飄浮在空中，浮遊在空中。空氣清澄的時候，從遠處似乎可以望及城樓的精靈擺脫了城樓的實體，裊裊上升，居高臨下環視四方的姿影。大阪城的天守閣映現在悅子的眼裡，猶如漂流者屢屢出現錯覺似的，是夢幻般的島影。

悅子心想：那裡大概沒有人居住吧？說不定埋沒在灰塵中的天守閣裡，也有人居住呢。下了沒有人居住的論斷，她好歹才放下心來。這種不幸的想像力，甚至引起她的揣摩臆測遠方的古老的天守閣是不是有人居住……這種想像力，經常來威脅她那什麼都不想的幸福的根據。

「悅子，妳在想什麼呢？是想良輔的事？還是……」坐在外凸窗戶邊上的謙輔說。這聲音——與往常迥異——不知怎的，聽起來酷似良輔的聲音，悅子受到了這突然的襲擊，吐露了真言。

「剛才嘛，我在想那座城樓裡是不是有人居住呢。」

她含著淡淡的笑，刺激了謙輔的嘲諷。

「悅子還是喜歡人啊！……人，人，人。妳的確健全，具有我所望塵莫及的健全的精神啊！有必要對自己更誠摯，這就是我的分析判斷……這麼一來……」

這時，恰巧將晚吃的早餐後的碗碟端到井邊洗涮的千惠子端著蓋上抹布的托盤，登上二樓來了。她的中指上拎著一個小包，實是讓人擔心，她沒有放下托盤，就先把小包放在坐在窗邊的謙輔的膝上。

「剛寄來的。」

「啊，這是盼望已久的藥啊！」

打開一看，是個小瓶，上面寫著「哮喘靈」幾個字，這是美國產的治哮喘特效藥，由大阪一貿易公司的友人弄到手後給寄來的。直至昨日，托購的這些藥品還不見寄來，謙輔一個勁地埋怨那位朋友。

悅子看準這個時機，剛要站立起來，千惠子就說道：

「喲，幹麼我一來妳就走呢，好像有什麼事。」

儘管悅子大體估計到她會這麼說，但這樣待下去不知還會提出什麼話題來呢。因為謙輔夫婦有著一顆厭倦者所特有的、病態般的、親切的心。人們的流言和強加於人的親切……鄉下人這兩種特性，不覺間裝成極高級的擬態，侵犯了謙輔夫婦。這就是所謂批評和忠告的高級的擬態。

「瞧妳說的，不能置若罔聞啊！方才我正忠告悅子呢。所以悅子正想溜走。」

「不要解釋夢。……不過，我也要對悅子提點建議。是絕對作為悅子的朋友提出來的。毋寧說是鼓動，更接近鼓動啊。」

「幹吧。盡情地幹吧！」

這番話像新婚夫婦的對話，實在讓旁人聽不下去。謙輔和千惠子被安置在寂寞的農村裡，日日夜夜都在沒有觀衆的環境中連續表演這齣新婚的家庭劇。……他們百演不厭地來回扮演這熟悉的角色，上演叫座的狂言。對自己扮演的角色，他們已經無疑問了。即使活到八旬，他們也會繼續演下去，或許會被人稱爲形影不離的夫婦吧……悅子不理睬這對夫婦，轉過身就下樓去了。

「還是走了。」

「噢，我溜狗去囉。回來再談吧。」

「妳眞是個有鋼鐵意志的人啊！」千惠子說。

農閒期的一個上午，距收割還有一段時間的這個閒暇的季節，是非常寧靜的。彌吉去修整梨園。淺子時而背著夏雄，時而讓他行走。學校放「秋分」假，信子也一起到村裡配給所去領取配給嬰兒用的發放物資。美代悠然地打掃完一個房間又打掃另一個房間。悅子解開了繫在廚房門口的樹上拴瑪基的鍊條。

彌吉來到了箕面街，心想：繞道去鄰村看看？昭和十年光景，彌吉夜間獨自走這條路，據說孤狸一直尾隨跟到箕面街來了。……但是，這條路整整走了兩個鐘頭。去墓地嗎？……這又太近了。

瑪基跑動時鏈條的震動傳到了悅子的掌心。她任瑪基牽著走。走進了栗樹林，秋蟬啼鳴不已。日光斑斑點點地灑落一地。枯葉的下面已經發現了草蘑菇。彌吉將這周圍的草蘑菇充作他和悅子的專用品。信子漫不經心地把它摘來玩。曾經挨過彌吉的打。

農閒期的這種強制性休養，每天都給悅子的心靈帶來沈重的負擔，猶如毫無自覺症狀的病人被強制休養一樣。失眠愈發嚴重。這期間，她怎樣生活才好呢？現在每天的日子實在太長、生活太單調了。倘使反思過去，這種痛苦會波及一切。悅子只能用早已沒有休假條件的畢業生似的眼睛，去觀察那些飄浮在風景上、季節上的閒暇的美……但是，她的情況又不盡然。她從學生時代就討厭暑假。休暑假簡直是盡義務。是必須自己走路、自己開門、自己投身到戶外的陽光裡的義務。這對於從小不曾自己穿過布襪子、不曾自己穿過衣裳的女學生來說，是不如每天去被強制上學的學校，心情上更覺自由和舒暢。……儘管如此，成了都市式的厭倦的俘虜，農閒期具有多麼不慈悲的光明啊！……是什麼東西唆使悅子呢？是經常使她自己感到在盡義務的一種壓迫般的饑渴。是害怕把水喝下去當即會引起嘔吐而卻又祈求水的一種饑渴。

這些感情的元素，也存在於拂過栗樹林的風之中。這些風早已失去颱風的凶暴性，如今是屏住氣息在悄悄地搖曳著下邊的葉子而掠過。在這微風中，悅子覺得彷彿存在似是誘惑者的姿影。……從佃農家的方向旋蕩著用斧頭劈柴的聲音。再過一兩個月，又將開始燒炭了。林子盡頭掩埋著一個大倉每年爲杉木家燒炭的小炭窯。

瑪基拽著悅子在林中到處溜達。她那孕婦般懶洋洋的步子，不由自主地變成快活的步調了。她照例穿一身和服。似乎是爲了避免樹墩子刮破，稍稍地提起衣裳的下襬，跑了。狗忙不迭地嗅著味兒。那粗粗的呼吸，看起來肋骨也在動。

林子一處的地面隆了起來。像是鼴鼠留下的痕跡。悅子和狗都把目光投在那上面。於是，她隱約地嗅到了微微的汗味兒。三郎站在那兒。狗攀上他的肩膀，舔了舔他的臉頰。

三郎笑著想用沒有扛鎬頭那邊肩的空手把瑪基拽下來，可瑪基糾纏不放，拽不下來，他說：

「少奶奶，請拉拉鏈條。」

悅子好不容易才明白過來，立即拉了拉鏈條。

這精神恍惚的一瞬間，要說她看到什麼，她所看到的，是她拽狗的時候，他左肩扛著的鎬頭好幾回順勢蹦上空中的動作。是鎬頭帶著半乾泥土，鎬刃尖上的青白色在林間篩落下來的陽光中跳躍的動作。悅子心想：危險啊！說不定鎬刃快掉落在我的頭上啦！

這是一種明確的危險意識，她卻莫名地放下心來，紋絲不動地待在那兒。

「到哪兒去耕種？」悅子問道。

問罷，她依然不動地站立在那兒。所以，三郎也沒有邁開腳步。倘使就這樣邊說邊折回去。那麼住在二樓的千惠子一定可以看見他們兩人並肩而行的情景。但是，如果她往前走，三郎還得往回走。悅子所以原地止步，也是急中生智的結果。

「去茄子地，把那塊收完茄子的地耕出來。」

「留待來年春天耕也可以嘛。」

「嗯。不過，現在閒著沒事。」

「你閒不住啊。」

「嗯。」

悅子盯視著三郎那曬黑了的柔韌的脖頸。她喜歡他不拿鎬頭就待不住的內在過剩的熱能。她還喜歡這個缺乏感受性的年輕人同她一樣覺得農閒期是一種負擔。

她忽地把視線投在他那雙光著腳直接穿上的破運動鞋上。

心想……事到如今，唉！散布我的流言蜚語的人，倘使知道拘泥於送襪子的我還在猶豫不定，不知該作何感想呢？村裡人風傳我這個女人行爲不檢點。可他們的放蕩行爲遠遠超過我不知多少倍，卻滿不在乎。我的行爲的困難，是從哪兒來的呢？我無所求。我可以肯定，某天早晨我閉上眼睛的時候，世界將會改變。這樣的早晨，這樣純潔的早晨，也該運轉到這兒來啦。不屬任何人所有，不爲任何人企求而到來的早晨……我卻夢見這一瞬間，我無所求，而且我的行爲竟徹底背叛了這種無所求的我。我的行爲是微不足道的，不引人注目的……

……對了。對於昨夜的我來說，哪怕僅僅考慮把兩雙襪子送給三郎，都是一種極大的安慰。……此刻卻不是這樣。……把襪子給他，這又有什麼意義呢？……他會帶笑地怯生生地說聲「謝謝」吧？……爾後，他會背衝著我若無其事地走開吧……這是明擺著的事。那麼，我豈不是太慘了嗎？

在這痛苦的兩者擇一面前，我曾冥想苦思，煩惱了好幾個月，這又會有誰知道呢？自四月下旬天理的春季大祭祀起至五月、六月……漫長的梅雨天氣，七月、八月……酷熱的夏季，爾後九月，怎麼回事，我竟想再次體驗一下丈夫彌留之際曾體驗過的那種可怕、激烈的肯定。那才是眞正的幸福啊！……

在這裡，悅子的思考突然轉變了。

她又想：儘管如此，我是幸福的。誰都沒有權利否定我是幸福的。

……她佯裝費勁似的，從和服袖兜裡掏出了兩雙襪子。

「這個，給你。這是昨天在阪急百貨公司給你買來的。」

三郎一時摸不著頭腦，認眞地回頭看了看悅子的臉。所謂「摸不著頭腦」，毋寧說是悅子的臆測。他的視線裡不過是含著單純的詢問而已。毫無疑惑的成分。因爲他不理解這個平素冷漠的年長婦女怎麼會突然送襪子給他……然後，他覺得長時間沈默等於很不禮貌。於是，他微笑著把沾滿泥巴的手在臀部上擦了擦，然後將襪子接了過來。

「謝謝。」

三郎說著，把蹬著運動鞋的雙腳後跟併攏，敬了個禮。他敬禮有個毛病，就是腳後跟很自然就併攏在一起。

「對誰都別說是我給的呀。」悅子說。

於是，他把新襪子隨隨便便地往褲兜裡一揣就走開了……僅此而已。什麼事也沒有。難道從昨晚起悅子所渴望的，就是這丁點兒事嗎？不，不會是這樣的。對悅子來說，這些細節猶如安排儀式一樣，是計畫周全的，布置緊密的。這些小事，是會在她內心引起什麼變化的……雲朵飄忽而去。原野上籠罩著陰影，風景簡直變成另一種意義的東西……人生，乍看似乎也存在著這種變化，只要稍微改變看法，就可能變成另一種東西。悅子十分傲慢，她甚至確信自己即令深居簡出，也可能產生這種變化。歸根結蒂，人的眼睛倘使不化爲野豬的眼睛，是完成不了這種變化的……她依然不想承認這樣的事實：我們只要還有人的眼睛，無論看法怎樣改變，終究只會得出同樣的答案。

……然後，這麼一天突然忙碌起來。這是離奇的一天。

悅子穿過栗樹林，來到了小河畔的草叢茂密的土堤上。近旁架著一座通往杉本家門口的木橋。小河對岸是竹林子。這條小河與沿著靈園流淌的小溪相匯合，立即形成直角，改變水路，向西北的一片稻田流去。

瑪基俯視著河面吠叫起來。原來是衝著涉水撈鯽魚的孩子們吠叫。孩子們異口同聲地咒罵這隻賽特種毛獵狗。儘管看不見，卻想像出牽狗鏈的人，照搬父母背地罵人的話，大罵年輕寡婦如何如何。悅子在土堤上一露出身影，孩子們就揮舞著魚籃跑到對岸的土堤上，狼狽地竄進了陽光明媚的竹林子裡去。在明媚的竹林深處，竹子下邊的竹葉含有什麼意義似的在搖曳著。也許他們還躲藏在那附近呢……

於是，竹林子那邊傳來了自行車的鈴聲。不一會兒，郵差出現在木橋上，他從自行車下來，推著車子走了過來。這個四十五、六歲的郵差有索取物品的毛病，大家都覺得膩味。

悅子走到橋那邊，把電報接過來了。郵差說：沒有圖章就簽字吧。即使在這鄉村，簽字程度的英語也已經普及了。所以，郵差直勾勾地盯著悅子掏出來的鉛筆型的細長圓珠筆。

「這是什麼筆。」

「圓珠筆。是便宜貨呀！」

「有點特別嘛。讓我瞧瞧。」

他一個勁地讚賞，幾乎到了張嘴索要了。悅子毫不可惜地將筆送給他，然後拿著彌吉的電報登上了石階。她覺得挺可笑的。給三郎微不足道的兩雙襪子竟這麼困難，而把圓珠筆給了這個好索要東西的郵差卻這麼容易。她想：……理應如此嘛。只要不存在愛的話，人與人之間的交往就能輕鬆自如。只要不存在愛的話……

杉本家的電話早已連同鋼琴一起賣掉了。以電報代替了電話，沒什麼急事也從大阪發來電報。杉本家的人，即使深夜接到電報，也是不會感到吃驚的。

但是，彌吉展開電報一看，臉上立即露出了喜色。發報人宮原啓作是國務大臣。是彌吉的晚輩，是接他班的第二代關西商船公司社長，戰爭結束後才步入政界的。此刻他爲競選遊說，正在九州旅行途中。他有半天小憩，傍晚將要來造訪彌吉三、四十分鐘……令人震驚的是，訪問日期就在今天。

趕巧彌吉的房間來了客人，是農業工會的幹部。在中午時分還覺著鬧熱的天氣裡，這客人卻隨便把工作服當作薄睡衣披在身上，他是來查核交售糧食物資的。被青年團所佔據的前任幹部十分腐敗，所以今年夏天改選了幹部。這客人是新當選的幹部之一，他是專程前來聆聽舊地主們的高見的。這地方尚屬保守黨的地盤，他確信當今這樣的處世方法是最合時宜的。

他看見彌吉讀電報時喜形於色的情形，就詢問彌吉有什麼佳音。彌吉有點躊躇，好像是這一可喜的祕密，不願讓人輕易打聽到了似的。結果，還是不得不坦白出來。過分的克己，對老人的身體是有害的。

「電報說那位叫宮原的國務大臣要來訪問。是非正式的訪問，所以希望不要告訴任何一個村民。他是來休養身心的，倘使興師動衆，讓他感到煩惱，我就對不住他了。宮原是我高中時代的低年級同學，他進入關西商船公司比我晚兩年呢。」

……客廳裡擺設著兩張沙發和十一把椅子，很久沒有人坐過了，活像等得不耐煩的婦女，潔白的麻布椅套現出的是無可挽回的感情的枯竭。但是，一站在這房間裡，不知怎的，悅子就感到心神安寧。晴天裡，早晨九點將這房間的所有窗戶全部打開，這是她的任務。這麼一來，朝東的窗戶一起透進了上午的陽光。在這季節裡，陽光大致要照射到彌吉的青銅胸像的臉頰周圍這才勉強止住。剛到米殿村時，一天早晨，悅子打開這窗戶，不禁愕然。花瓶裡養著的油菜花中竟有不計其數的蝴蝶飛了出來。牠們迄今彷彿一直屏住氣息就等待著這一瞬間，窗扉一敞開，牠們便一起振翅爭先飛向戶外了。

悅子和美代一起仔細地撣去灰塵，用白蠟抹布揩了揩，再將裝著極樂鳥標本的玻璃盒子上的灰塵拂去。儘管如此，滲在家具和柱子的霉氣還是拂除不掉。

「不能設法將這種霉氣除掉嗎？」悅子一邊用抹布揩拭胸像，一邊環視了四周，然後這樣說道。

美代沒有回答。這半迷糊的農村姑娘蹬在椅子上，無表情地撣去匾額上的塵土。

悅子再次用明確的口吻自言自語地說了一句。美代依然站在椅子上面向悅子這邊答道：

「這氣味眞大啊！」

「是，是眞大啊！」

悅子惱火了。她想：三郎和美代兩人這種土氣的遲鈍的應對能力是相同的，爲什麼表現在三郎身上時，悅子感到心靈上的安慰；而表現在美代身上時，悅子就覺得惱火呢？不是別的，正是因爲美代同三郎，比自己同三郎更爲相似，這才惹惱了悅子的。

悅子估計傍晚時分彌吉定會落落大方地勸大臣坐在這張椅子上的。於是，她試坐了坐這張椅子，浮想聯翩，從她的表情裡可以看出，她在想像著大臣這個大忙人夾雜著憐憫和大方的表情。環視著被社會遺忘了的前輩的客廳的表情，似乎大臣將他分秒必爭的、帶有拍賣價值似的一天中的幾十分鐘，作爲這次訪問的唯一禮物帶來，大概要把它親手莊重地交給主人吧。

「這樣就行，不需要準備什麼了。」

——彌吉裝出一副幸福似的陰沈面孔，對悅子反覆地這樣說道。不禁令人想到，說不定這位身居要職的大臣此番造訪會給彌吉帶來一個出乎意料的東山再起的開端呢。

「怎麼樣，請你再度出馬行嗎？戰後那些不知天高地厚的新人飛揚跋扈的時代已經過去了，不論政界還是實業界，經驗豐富的老前輩重整旗鼓的時代到來了。」

經他人這麼說，彌吉的嘲諷、他戴上自卑面具的嘲諷，無疑會立即插上雙翅，大放光彩。

「我這號人已經無濟於事。這般老朽，不中用了。就是務農，也會被人說是耄耋還逞能？要說我這號人能幹些什麼，充其量只能擺弄盆景罷了。……但我並不後悔。我已經很滿足了。在你面前說這種話，或許不大合時宜。不過，我覺得在這個時代，最危險的莫過於漂浮在時代的表層。這樣，隨時都可能被翻倒，不是嗎？這個世界一切的一切都只注重外表。要是和平是外表，那麼不景氣也是外表。這樣看來，要是戰爭是外表，那麼好光景也是外表。許多人生生死死在這外表的世界上。因爲是人，生死是理所當然的。這是當然的事。然而，在這僅是外表的世界裡，卻找不到足以豁出性命去幹的事，不是嗎？爲『外表』而豁出性命，那就太滑稽了。而且，我這個人不豁出性命就幹不了活兒。不，不僅我如此。假如想要幹一番事業，一番眞正的事業，不豁出性命來是幹不成的。我是如此認爲的。這樣，應該說如今活躍在社會上的人們太可憐了，他們沒有足以豁出性命去幹的事，卻又不得不去幹。唉，就是這麼一回事。……這且不說，我已老朽，來日不多，權作不服老，硬充好漢，請別生氣。我已老朽了。是無用的東西了。是取酒剩下的、只能做酒糟的渣滓。再沒有什麼比要從這種渣滓中再榨二煎酒似的更加殘忍的了。」

彌吉要讓大臣嗅的鼻藥，叫做「悠悠自在」，這名稱使人聯想到：聞名利欲皆徒然。這種鼻藥能保證什麼樣的效益呢？那就是，大概會給彌吉的隱居生活賦予社會的評價吧。會讓人對厭世的老鷹那隱藏起來的爪牙之鋒利作過高的評價吧。

朝飲木蘭之墜露
夕餐秋菊之落英

這是彌吉喜歡的離騷經中的對白，他在匾額上親自揮毫，掛在客廳裡。一代富豪能達到如此的情趣，是很不容易的。如果說，只是一種天生的乖僻培養了他的審美觀，那麼這種佃農式的乖僻也許會在什麼地方制止住他的野心。出身好的人，是甚少這樣的風流韻事的。

杉本一家忙極了，一直忙到下午。彌吉一再說，迎客沒有必要大肆鋪張。可是，大家都知道，如果按他所說去做，他肯定會不高興的。謙輔獨自悄悄躲在二樓上，逃避了勞動。悅子和千惠子很輕鬆地就預備了豆沙糯米飯團和菜肴，並著手準備萬一必需的晚餐，連祕書官和司機的份兒也都準備好了。大倉的妻子被叫來宰雞。身穿碎白道花紋布夏裝的她，向雞窩走去。淺子的兩個孩子興高采烈地尾隨其後而去。

「別去！我不是早就說過不許你們去看宰雞嗎？」

房子裡傳來了淺子的叫喊聲。

淺子不會烹飪，也不會裁縫，卻自信有足夠的才能向孩子們傳授小市民式的教育。每次信子從大倉的女兒那裡借來紅皮漫畫書，淺子都非常生氣。並且，把漫畫收走，然後將英語圖解的連環畫給了孩子。信子用藍色蠟筆把玉女亂塗一氣，以示報復。

悅子從櫥櫃裡把春慶漆的食案拿了出來，一個個地揩拭乾淨。她的身子微微顫抖，等著聽挨刀的雞的鳴叫聲。她在食案上哈了哈氣，又揩了揩。米黃色的漆，由朦朧而變為晶亮，把悅子的臉都映在上面了。在這不安的反覆的動作中，她想像著宰過雞的堆房的光景。

堆房與廚房後門連接。羅圈腿的大倉老婆提拎著一隻雞走進了堆房。下午的陽光，只照到堆房內的一半地方，陰暗部份顯得更加昏暗了，要靠深灰色的鍛鐵的反射劃出來的輪廓，才能勉強辨別出放進深處的鎬頭和鋤頭之所在。有二、三塊開始腐朽的木板套窗靠在牆上。有畚箕、有給柿子樹噴射殺蟲劑硫酸銅用噴霧器。大倉的老婆坐在小樫木椅上，在她那像粗木節般的膝蓋之間，緊緊地挾住掙扎著的雞翅膀。這時，她才發現緊跟著自己前來的兩個孩子，在堆房門口定睛盯著自己的一舉一動。

「這可不好啊，小姐。要挨媽媽罵的呀。到那邊去吧。小孩兒可不能看喲。」

雞在使勁鳴叫。雞窩那邊的友雞聽見動靜，也應聲喊喊地鳴叫起來。

在逆光的陰影中，只見信子和她牽著手的小夏雄一直站在那裡，目光炯炯，驚訝地注視著大倉老婆的動作。她低著頭，凌駕在使盡渾身解數企圖振翅掙扎的雞之上，不耐煩似地把雙手伸到雞脖頸處。

——片刻，悅子便聽見混亂的、不知怎麼鳴叫才好的、敷衍一時的、聲嘶力竭的、令人煩躁的雞的鳴叫聲。

彌吉竭力掩蓋著因客人不來而泛起的焦灼情緒，佯裝出一副並沒有不耐煩的樣子。不過，這種姿態充其量也只能維持到下午四點光景。庭院的楓樹下的陰翳變得濃重時，他那焦躁不安的神情才開始直率地流露出來。他異乎尋常地抽了大量的煙絲。爾後，又匆匆忙忙地拾掇梨園去了。

爲了他，悅子走到墓地門前的公路盡頭，看看有沒有朝杉本家駛來的高級轎車，她憑倚橋桁，眺望著緩緩蜿蜒遠去的公路的彼方。

悅子從一端眺望著：鋪設到這裡就終止的尚未完成的公路、行將收割的豐收在望的莊稼、林立的玉米地、叢林及掩映在其中的小池沼、阪急電車的軌道、村道、小河，還有穿梭於上述地方之間、目力所及的汽車公路。這麼一來，她似乎覺得有些神志不清了。她想像著一輛高級小轎車，沿著這公路一直駛到她的身旁戛然停住，彷彿超越了空想，甚至接近於奇蹟。她向孩子們探聽，據說晌午在這裡停泊過兩三輛小轎車。然而，現在卻無此可能。

她想：對了，今天是秋分。可是，這是怎麼事。為了不讓眼睛尖的孩子亂攪和，上午做好了的豆沙糯米飯團，裝在多層漆盒裡以後就放在櫥櫃內了。現在大家忙得誰也想不起這件事來了。我曾在佛壇前叩拜過。但也和平日一樣，只是上上香而已，成天價地只顧盼著活人來訪，都盼得不耐煩，誰的心都把死者忘得一乾二淨了。

悅子看見前來掃墓的一家人，按先後順序熱熱鬧鬧地從服部靈園的門口走了出來，他們是一對常見的中年夫婦，偕同四個孩子，其中一個是女學生。孩子們輕易不成群結隊，他們時而不斷折回頭，時而又跑到最前面。仔細一瞧，原來他們是在可供繞車的圓形草坪上玩捉蝗蟲的遊戲。誰不踏入草坪而又捕捉最多的就贏。草坪漸漸籠罩上暮色。門口可以望及的深處是墓地，葳蕤的小樹林和草叢，恍如飽含水分的棉花，漸漸溶在陰影裡。唯有遠處的丘陵斜坡上的墓地，還殘留著落日的餘輝，在墓石和常綠樹上閃閃爍爍。也唯有這斜坡在靜靜的落日餘輝的照耀下，看上去簡直像是一張人的臉。

這對中年夫婦對孩子們全然漠不關心，只顧一邊走一邊微笑，相互談論著什麼。悅子覺得這種情形，未免有點不通人情。按照她的傳奇式的想法，丈夫一定是見異思遷之徒，妻子一定是深受折磨的人，中年夫婦要麼覺得厭倦，懶得張嘴；要麼互相怨恨，懶得啓齒，二者必居其一。然而，紳士身穿花哨條紋上衣和款式與衆不同的褲子，夫人穿著淡紫色西服裙，拎著一只購物袋，暖水瓶從中探出頭來，他們簡直像是與故事毫不相干的人。這些人是屬於這樣的人種，即把人世間的故事當作茶餘飯後的話題，隨後就會忘得一乾二淨了。

夫婦倆來到橋畔，揚聲呼喚了孩子們。爾後，不安地掃視了一遍前後寥無人影的公路。最後，紳士走近悅子身邊，謙恭地探詢道：

「請問從這條路怎麼去阪急岡町站？」

悅子告訴他一條捷徑，通過田園，穿越府營住宅小區就可以到達。這時候，夫婦倆聽了悅子正確的、東京靠山高級住宅區的人所使用的語言，不由地瞠目而視。不覺間，四個孩子也圍攏過來，仰望著悅子的臉。一個約莫七歲的男孩兒在她的面前悄悄地將拳頭伸了出來，稍稍鬆了鬆拳頭，說：

「瞧！」

從男孩兒的小指縫間，可以看見一隻蜷曲著身子的淡綠色的蝗蟲，在指頭的陰影下，時而慢慢伸展腿腳，時而又將腿腳縮了回去。

大女孩兒從下面粗暴地打了男孩兒的手。這一巴掌，使男孩兒不由自主地張開了手掌，趁機飛出來的蝗蟲落在地上，蹦了幾下，就鑽進路旁的草叢裡，不見蹤影了。

姐弟倆開始爭吵起來。雙親邊笑邊責備。他們一行人向悅子行了個注目禮，又按老樣子繼續他們悠悠自在的行軍，從草叢茂密的田間小徑遠去了。

悅子忽地想到自己身後是不是停著一輛杉本家急盼的小轎車呢？於是，她回頭環視一圈，公路上仍然沒有小轎車的影子。路上的陰影越發濃重，天變得昏暗了。

直到大家就寢時刻，客人還是沒有來訪。全家籠上了沈悶的空氣，他們模仿著焦灼得不願說話的彌吉，無可奈何地裝出一副估計客人可能還會來的樣子。

自從來到這個家，悅子不曾見過舉家在如此等候過一個人。也許彌吉忘卻了，他嘴裡沒有吐露過彼岸節的秋分祭祀之事。他在等待著。在繼續等待著。希望與絕望交替地折磨著他，猶如過去悅子盼望丈夫回家一樣，處在毫無目標的、將所有東西都置之不理的狀態之下。

「還會來的。不要緊，還會來的。」

誰都害怕說這句話。因爲要是這麼一說，反而覺得客人眞的不來了似的。

悅子多少理解彌吉的心情，但他並不認爲彌吉今天整日所充滿的希望，僅僅是獲得高升機會的希望。毋寧說，更加感到傷心的，不是受到了自己企盼的人所背叛，而是被竭力輕蔑的人所背叛，這是捅到脊背上的一把匕首。

彌吉後悔不該讓農業工會的幹部看那份電報。這傢伙一定是藉此機會給彌吉貼上他是「被唾棄的男人」的標籤了吧。這幹部硬說一定要看大臣一眼，就在杉本家一直待到晚上八點左右，勤懇地幫著幹這幹那。因而他一覽無遺地目睹了彌吉的焦灼、謙輔的背地半嘲弄、舉家歡迎的準備情形，逼近而來的傍黑、疑惑以及行將肯定喪失的希望。

悅子呢？她從這天所發生的事情中吸取的教訓就是：對任何事情都不能期待。與此同時，她對希望破滅了的彌吉那種千方百計地設法不使自己的心受到傷害的苦苦掙扎，竟產生了一種奇妙的親愛的感情，這是到米殿村以來第一次感受到的。也許那封惡作劇的電報，是彌吉在大阪的衆多知交中的一個，趁宴席即興時，在半醉半醒的狀態下隨便亂寫出來的吧。

悅子對彌吉間接地表示了溫存。她警惕著不讓他誤認爲是同情，採用了一種不引人注目的穩定的辦法。

晚上十點過後，心情沮喪的彌吉帶著前所未有的謙卑的恐懼，思考了良輔的事。他在心靈的一角上，玩弄著一生中不曾想過的所謂罪惡的觀念。他覺得這種觀念增加了分量，若咀嚼它，舌頭會嘗到苦楚的甘味，任憑怎樣對待，也可能是討好心靈似的。它的證據，就是看起來今晚悅子比以往的任何時候都格外的美。

「秋分祭祀終於在熱熱鬧鬧中度過了。待到良輔忌日，咱們一起去東京掃墓吧！」他說。

「讓我去嗎？」悅子通過詢問的方式，用聽起來充滿喜悅的口吻說。頓了片刻，又說：「爸爸，您對良輔的事，大可不必放在心上，他活著的時候，早已不屬於我了。」

此後兩天，陰雨連綿。第三天，即九月二十六日，天放晴了。一大早全家就忙著洗滌積壓下來的穢衣物。

悅子在晾曬彌吉打滿補釘的襪子（他會因爲悅子替自己買新襪而生氣吧）的時候，忽然惦掛起三郎不知怎樣處理那兩雙襪子。今早照面時，他依然是赤裸著腳直接穿上那雙破舊的運動鞋。而且，增添了些許親近感，臉帶微笑地招呼說：「少奶奶，您早！」從運動鞋的破口處可以窺見他那骯髒的腳脖子上留著幾道似是被草葉劃破了的小傷痕。

她想：或許是留待出門再穿的吧。又不是什麼昂貴的物品，農村少年的想法可謂……

但是，她又不好去問他爲什麼不穿襪子。

廚房前的四棵大柯樹的枝椏縱橫交錯地繫著麻繩，上面掛滿了洗淨的衣物，迎著穿過栗樹林颳來的西風而招展著。拴著的瑪基衝著在頭上飄揚著的這些白色影子的戲耍。好幾次變換著蹲坐的姿勢，像是又想起來似的斷斷續續地吠叫起來。悅子晾曬完畢，在晾曬衣物之間轉了轉。這時，風越颳越烈，把還濕漉漉的白色圍裙猝然颳到了她的臉頰上。這清爽的一巴掌，搧得悅子的臉頰火辣辣的。

三郎在哪兒呢？

她合上眼睛，想起了今早看到的他那留有傷痕的骯髒的腳脖子。他的小脾氣、他的微笑、他的貧窮、他的衣服破綻，這一切悅子都很愜意。尤其他的可愛的貧窮！因爲他的貧窮，在悅子的面前，扮演著一個替角，即他雖是男子漢，卻有處女所珍惜的羞澀。

她想：或許他正在自己的房間裡認眞地理頭閱讀武俠小說呢？

悅子用圍裙的下襬擦了擦雙手，從廚房橫穿過去了。廚房後面的木門旁邊放著一只垃圾箱。這是美代平時扔殘羹剩飯和爛菜幫子的汽油桶。垃圾滿後，她就倒在挖成兩鋪席寬的坑裡去造肥。

悅子在汽油桶裡發現了意外的東西，戛然駐止腳步。是從發黃了的菜葉和魚骨下面露出來的色彩鮮艷的一塊新布。這深藍色，她很眼熟，便輕輕將手指伸進去，把布拽了出來。原來是襪子。一雙深藍色的，下面還露出一雙茶褐色的，全無穿過的痕跡。百貨商店的商標上面依然釘著金屬絲線。

這是出乎意外的發現，她在這面前佇立了良久。襪子從手上落下，躺在垃圾箱中污穢的殘羹剩飯上。大約過了二、三分鐘，悅子環顧四周，宛如要埋葬胎兒的女人似的，急匆匆地將兩雙襪子埋在發黃的菜葉和魚骨的下面。她洗了手。洗手時，她一邊用圍裙再揩手，一邊在繼續尋思。思緒紛繁，難以集中。未整理集中之前，一股無以名狀的怒火湧上了心頭，決定了她的行動。

三郎在三輔席寬的寢室裡剛要換下工作服，就發現悅子出現在凸窗的前面。他有點驚慌失措，扣上了襯衫扣子，端端正正地跪坐下來。袖釦還沒有扣上。他瞥了一眼悅子的臉。悅子還不想開腔說什麼。他把袖釦扣好。依然沈默，不言不語。看見她的臉毫無表情，三郎不禁愕然。

「前些日子給你的襪子怎樣處置了？能讓我看看嗎？」悅子格外溫柔地說。聽者卻可以聽出這種溫柔帶有過分令人毛骨悚然的弦外音。悅子惱怒了。說不清是什麼原因，她竟主動地將這種從感情一角偶爾產生的怒氣擴大、表露無遺。沒有這種衝動，就不可能果敢地提出這樣的質問。對她來說，惱怒只是由於眼前的需要才產生的切實而又抽象的感情。

三郎小黑狗似的眼睛裡露出了動搖的神色。他將扣好了的左袖釦解開，又再扣上。這回，他一直沈默不語。

「怎麼啦？怎麼不說話呀？」

悅子將胳膊橫放在凸窗的欄杆上。她帶嘲笑似的，直勾勾地盯著三郎。她惱怒，卻可以品嘗到這瞬間的快樂的滋味。這是怎麼回事！過去，這是無法想像的。自已竟能這樣以勝利者的驕傲心情，貪婪似地望著那耷拉下來的柔韌的健康的淺黑色的脖頸，那鮮明的剛刮完臉的青春的印痕……悅子的話裡，不知不覺地充滿了愛撫的口氣。

「算了，用不著那麼惶恐。扔在垃圾桶裡了，我全都看見了……是你扔的吧？」

「是，是我扔的。」

三郎毫不遲疑回答了一句。這一回答，使悅子感到不安了。

她想：一定是在庇護什麼人。不然，總該露出哪怕是蛛絲馬跡的猶疑吧。

忽然，悅子所聽見從自己背後傳來了啜泣聲。原來是美代用對她的身材來說過長了的舊灰嗶嘰布圍裙，捂住了臉，在抽抽答答地哭了。嗚咽聲中，斷斷繼繼地傳來了這樣的話聲：

「是我扔的！是我扔的！」

「這是怎麼回事？有什麼可哭的？」

悅子對美代說著，抽冷子望了望三郎的臉。三郎的眼睛露出了焦躁的神色，似乎要對美代說些什麼。這一發現，促使悅子從美代的臉上把圍裙拉下來的手動作幾乎近於殘酷了。

美代嚇得緋紅的臉，從圍裙後面露了出來。這是一張平常的農村姑娘的臉。可以說，這張被眼淚弄髒了的臉，幾乎近於醜陋了。活像個熟柿子一捅就破的、漲得通紅的胖臉，上面配搭著稀疏的眉毛、什麼都不會表達的遲鈍的大眸子、毫無情趣的鼻子……只有嘴唇形狀稍稍使悅子感到煩躁。悅子的兩片柔唇，比一般人的單薄。然而，美代嗚咽而顫動的、被淚水和清鼻涕濡濕而發亮的嘴唇，恍如桃子似的四周框著汗毛，具有適當的鮮紅的針包般的厚度。可以說，是小巧可愛的唇。

「妳說說是什麼原因嘛。扔掉一雙襪子算不了什麼。只是不明白什麼原因才問妳的嘛。」

「是……」

三郎攔住了美代的話頭，他那敏捷的遣辭，與平素簡直判若兩人。

「眞是我扔的，少奶奶。我覺得自己穿起來有點不相配，是有意把它扔掉的。是我扔的，少奶奶。」

「這種話不合情理嘛，你說了也白搭。」

美代想像著：三郎的行爲經悅子的口告訴彌吉，三郎一定會挨彌吉的痛斥的。不能再讓三郎袒護了。於是，她打斷了三郎的話，這樣說道：

「是我扔的，少奶奶。三郎從少奶奶那裡接過襪子以後，馬上讓我看了。我說，少奶奶不會平白無故地就送這些東西給你，是我固執，表示了懷疑……這樣，三郎生氣了，他說：那就給妳吧。說著把襪子放下就走了……我覺得男人的襪子，女人怎麼能穿呢，也就把它扔了。」

美代又拿起圍裙捂住自己的臉……要是這樣，還合乎情理。除去「男人的襪子，女人怎能穿呢」這句話可愛的牽強的理由以外。

悅子似乎明白了個中原因。她用無精打采的口吻說：

「算了吧。沒什麼可哭的。讓千惠子他們看見了說不定以爲發生什麼事情了。區區一兩雙襪子，也不值得這麼大鬧嘛。好了，把眼淚擦乾吧。」

悅子故意不看三郎的臉。她摟著美代的肩膀，從這裡帶走了。她仔細端詳了自己所摟著的那副肩膀，那略微齷齪的領口，還有那沒梳理好的頭髮。

她心想：這種女人！居然把這種女人……

在晴朗的秋空點綴下，柯樹枝頭上落下了似乎今年才聽到的白勞鳥的啁啾。美代被這鳥語所吸引，她的腳不慎踩進了腳後積存的水窪中，泥水飛濺在悅子的衣服下襬上。悅子「啊」地一聲，把她的手鬆開了。

美代抽冷子像小狗似地蹲在地上。然後用自己剛才擦過眼淚的嗶嘰布圍裙，細心地揩拭著悅子衣服下襬。

這種無言的忠實的舉止，映現在默默地立著任憑美代揩拭的悅子的眼裡。與其說這是農村姑娘天真的計策，毋寧說帶有某種慪氣的殷勤的故意。

——一天，悅子看見三郎穿著那雙襪子，若無其事似地天真地會心微笑了。

……悅子感到生存的意義了。

從這天起至十月十日不祥的秋祭日出事止，悅子都是生活得很有意義的。

悅子絕不期望救濟。對這樣的她來說，能感到生存的意義真是不可思議的事。

一個具有幾許敏感的感受性的人，考慮人不值得活下去是容易的。因此，不考慮不值得活下去反而是困難的。正是這種困難，才是悅子的幸福的根據。不過，對她來說，在人世間，所謂「生存的意義」——就是我們探索生存的意義。在尚未探索到其意義的時候，好歹是活著的，如果說企圖通過溯及探索到的生存的意義，將這種生存的兩重性統一起來這種願望，就是我們的實體，那麼所謂生存的意義就是不斷出現在眼前的這種統一的幻覺，或者只不過是以一種試圖溯及不該溯及的生存的意義中產生的生存的統一的幻覺。——對悅子來說，這種意義上的所謂「生存的意義」，是毫無緣分的龐然大物。在悅子身上萌生的、意料不到的、奇特的、植物般的「生存的意義」，就是她嚴格區別想像力和幻覺的判斷，毋寧說這是屬於想像力的範疇的東西，而想像力對悅子來說，是受過良好訓練的危險，是完全忠實於目的地和到達時間的冒險飛行。她具有這樣一種才能，即宛如乞丐的靈巧的指頭，可以把自己衣服上的虱子一隻不漏地掐死一樣的才能，這種才能直接驅使她的想像力，去蒐集促使她不考慮生存無意義的所有資料——就是說，儘管她不考慮生存無意義是有根據的，而這根據就是這所有資料使她的生存變得無意義——悅子爲此，表面上多少也流露出了希望，精心地把所有欺騙的事物完全消滅。這種想像力如同法警會把希望推翻。因爲這人世間的熱情，只有通過希望才能被腐蝕。

至此，悅子的本能類似獵人的本能。偶爾看到野兔的白尾巴在遠方的小草叢中晃動，她的奸智立即變得敏銳，全身血液奇怪地沸騰起來，筋肉躍動，神經組織緊張得像一支疾飛的箭被捆綁著一樣。在沒有這種生存意義的悠閒的日月裡，乍看猶如變成另一個人的狩獵者，送走怠惰的日日夜夜。她除了在爐外打盹以外，別無所求。

對某些人來說，生存確是很容易的。而對另一些人來說，卻又是很困難的。對於比種族歧視更甚的這種不公平，悅子並沒有感到任何的抵觸。

她想：肯定是容易的好。爲什麼呢？因爲生存容易的人，不會把容易作爲生存上的辯解。可是，生存困難的人，會馬上把困難作爲生存上的分辯。因爲生存困難這類事，是沒有什麼可自豪的。從某種意義上說，我們在生存中發現一切困難的能力，這種能力也許會有益於使我們像普通人一樣生存得容易些。爲什麼呢？因爲對於我們來說，如果沒有這種能力，生存就會完全變成不困難、也不容易的、滑溜溜的、沒有腳蹬的眞空球。儘管這種能力是阻礙那樣看待生存的能力，是絕不那樣看待生存的、屬於容易生存人種的、不知保留的能力。但這並不是什麼特殊的能力，它只不過是日常的必需品罷了。糊弄人生的秤桿，過分地假造分量的人，將來在地獄裡是要受到懲罰的。何必那樣弄虛作假，生存猶如衣裳一樣，是不會被意識到的分量。穿外套而覺得肩膀發板的，是病人。我所以必須穿比別人沈重的衣裳，只是出於偶然，因爲我的精神是在雪國產生，因爲我住在那裡的緣故。對我來說，生存的困難只不過是護衛我的鎧甲而已。

……她的生存的意義，就是不再使她感到明天、明後天、一切未來都是沈重的負擔。這種沈重的負擔，本身雖然沒有改變，但重心的一些微妙的轉移，使悅子能夠輕鬆地面向未來。是不是由於有希望了呢？絕不是的……悅子終日監視著三郎和美代的行動。他們會不會在某處的樹蔭下親吻呢？他們會不會在深夜遠離的寢室與寢室之間拉著什麼線索呢？……明知這種發現只能折磨她，而事情的不確定給她帶來的痛苦會比這更多，因此悅子下定決心，爲了尋找這兩人相戀的證據，敢於採取任何卑劣的行動。僅從結果來看，她的熱情令人生畏地確實地證明：人爲了折磨自己，可以傾注的熱情是無限的。正因爲喪失了希望，才能傾注如此的熱情。它是人類存在的表現形式，也許這種形式不管是流線型還是穹窿形，都是某種存在形式的忠實模型。所謂熱情，就是一種形式。正因爲如此，它才能成爲一種媒介體，使人的生命十全十美地發揮到那種程度。

沒有人發現悅子的目光在監視著這兩人。毋寧說，悅子的舉止顯得比平時還沈著。

這期間，悅子也像以往彌吉所做的那樣，趁三郎和美代不在的時候，檢查了他們的房間。沒有發現任何的證據。他們兩人不屬於記日記之類的人種。他們沒有書寫情書的能力，肯定也不會懂得優美的合謀，要把愛一刻一刻地留在記憶裡，以作紀念；也不會懂得現在早該關心以追憶的美，來表現愛的合謀。他們沒有留下任何紀念和任何證據，只有兩人在場的時候，眼與眼對視，手與手、嘴唇與嘴唇、胸脯與胸脯……爾後，說不定還有那個地方與那個地方……啊！多麼容易啊！多麼直接了當的美麗而抽象的行動啊！不要語言，也不要意義。那種姿態那種行動，猶如參賽運動員是爲了投標槍而採取的姿勢，是爲了單純的目的而採取必要的姿勢，這就足夠了……所有的這些行爲，都是遵循著多麼單純的、抽象的、美麗的線條而進行的啊！這種行爲，能留下什麼證據呢？如同瞬間掠過原野的燕子那樣的行爲……

悅子的夢想，屢屢自由馳騁，在她彷彿坐在宇宙的黑暗中的唯一一只大幅度搖擺的美麗搖籃裡的一瞬間，它甚至馳騁到了正在猛烈搖晃著這只搖籃的閃閃發光的噴泉的水柱上。

在美代的房間裡，悅子所看到的東西，有鑲賽璐珞的廉價手鏡、紅色的梳子、廉價的雪花膏、薄荷軟膏，只有一件帶箭翎狀花紋的外出用秩父絲綢衫，皺巴巴的腰帶、嶄新的和服內裙、仲夏穿的不合身的連衣裙及襯裙（夏天裡，美代就是靠穿著這僅有的兩件衣服，滿不在乎地上街購物），還有每頁都打卷兒而且骯髒得簡直像紙花般的舊婦女雜誌、農村朋友寄來的哀訴信……此外，幾乎在每件東西上都黏著一兩根紅褐色的脫髮。

悅子在三郎的房間裡所看到的東西，只是更爲單純的部份生活用品而已。

悅子心想：難道他們兩人趕在我探索之前，就先做好了用心周到的布置了嗎？抑或是從謙輔那裡借來閱讀的愛倫坡某小說所描寫的那樣，「被盜竊的信」明明插在最容易看見的信插裡，反而從我的過於仔細的搜尋下漏過了？

……悅子剛從三郎的房間裡出來，恰巧遇見了從走廊上往這邊走過來的彌吉。這房間坐落在走廊的盡頭。彌吉若不是到這房間裡來，是沒有理由從這走廊上走過來的。

「原來是妳在這兒啊！」彌吉說。

「嗯。」

悅子應了一聲，但她無意辯解。於是，兩人折回彌吉的房間時，儘管走廊並不太狹窄，可老人的身體總是笨拙地碰在悅子身上，恍如母親牽著磨人的孩子一邊走一邊不由地碰撞一樣。

兩人在房間裡平靜下來以後，彌吉問道：

「妳到那小子的房間幹什麼？」

「去看日記唄。」

彌吉不明顯地動了動嘴巴，就這樣不言語了。

十月十日是這鄰近幾個村莊的秋祭節日。三郎應青年團的年輕人的邀請，日落前做了準備就出門了。祭日人聲雜沓，攜帶幼兒上街是危險的。於是，爲了不讓想看熱鬧的信子和夏雄出門，淺子便同意和孩子一起留守家中。晚飯後，彌吉、悅子和謙輔夫婦帶著美代，趕到村社去看村裡的祭祀。

黃昏時分，遠近早已傳來了大鼓的咚咚聲。間中夾雜著像是呼喚聲又像是歌聲，隨風送了過來。這些流貫在黑夜的田園的叫喚，這些猶如在森林裡相互呼應的夜鳥和走獸的歌一般的叫喚，沒有打亂夜的寧靜。毋寧說，還起到了加深寧靜的作用。縱令此地距大都市不太遠，可農村的夜晚竟是如此的深沈。只聞蟲聲稀稀，彼伏此起。謙輔和千惠子做好了出去觀察祭祀的準備後，一度把二樓的窗戶全部敞開，傾聽四方傳來的大鼓聲。那多半是車站前的八幡宮的大鼓聲。顯然是即將前往村社的人們敲打的大鼓聲。大概是鼻子上塗上白粉的孩子們在鄰村村公所前輪番敲打的大鼓聲。這聲音最稚嫩，且斷斷續續。

儘管這對夫婦這樣興致地爭著猜測，可是一旦意見分歧，就又開始爭吵，這種勃勃生機，簡直使人覺得他們這不是在演戲嗎？他們的對話使人不覺得，這是一個三十八歲和一個三十七歲的夫婦間的對話。

「不，那是岡町的方向。是車站前的八幡宮的大鼓聲。」

「妳也夠逞強的。在這兒住了六年，連車站的方位都弄不清？」

「那麼，請你把指南針和地圖拿來。」

「這兒可沒有這些玩意呀，太太。」

「我是太太，你卻只是個當家呀。」

「那敢情是囉。儘管只是個當家人的太太，但並不是誰都能當的喲。社會上一般的太太，都是諸如局長的太太、魚鋪老板的太太、吹小號者的太太，如此之類。妳是個幸福的人啊。儘管只是個當家人的太太，可卻是太太中最有出息的人哩。作爲雌性，卻能獨佔雄性的生活吶。對雌性來說，難道還有比這更有出息的嗎？」

「不是這個意思。我是說你也只是個平凡的當家人。」

「平凡才了不起吶。人類生活和藝術的最後一致點，就是平凡嘛！蔑視平凡的人，就是不服的：害怕平凡的人，證明他還很幼稚。因爲不論是芭蕉①以前的談林風②的俳諧③，還是子規④以前的平凡的俳諧，都充滿了平凡的美學。這平凡的美學並未泯滅時代的生活力啊！」

「提起你的俳句，可謂平凡的俳諧之最啊！」

……這種格調的、猶如腳跟離開地面四、五寸飄浮在空間般的對話，冗長地繼續進行著。不過，當中有一貫的感情的主題，這主題就是千惠子獻給丈夫的「學識」的無限尊敬之情愫。十年前，東京的知識分子當中，像這樣的夫婦並不稀奇。至今還遵奉這種良風美俗的他們，猶如過時的婦女髮型，在農村卻依然可以裝成很時髦的樣子。

謙輔倚在窗邊點燃了一支煙，抽了起來。煙霧繚繞在靠窗邊的柿子樹梢上，宛如飄浮在水面上的一束白髮，緩緩地流向夜的大氣中。良久，謙輔說：

「老爸還沒有準備妥當嗎？」

「是悅子還沒有準備好吶。公公大概在幫她繫腰帶吧。也許你不會相信，悅子連內裙帶子都是讓公公給繫的。換衣服的時候，她總是把門關嚴，一邊嘀咕一邊動作，別提花時間了……」

「到了晚年，老爸還學會這麼放蕩啊！」

兩人的談話自然落到三郎的身上。不過，最近悅子變得沈著冷靜，他們甚至得到這樣的結論：她大概對三郎感到絕望了吧。謠傳一般總比事實說得合情合理，而有時事實反而比謠傳更像是虛假的。

前往村社必經房後的林子，從今春賞花的松林岔道，向松林的相反方向走不多久，就通過覆蓋著燈心草和菱角的池沼畔，下了陡坡就看見成排的人家。神社就坐落在這村莊的衆戶人家的對面半山腰上。

美代打著燈籠走在前面，謙輔在後面打著手電，照亮腳下。在岔道外遇見一個叫田中的耿直的農民。田中也是在趕祭祀的途中，跟隨在這一行人的後邊。他攜帶笛子，一邊走一邊練習。出乎意料的巧妙的笛聲，節奏輕快，反而使人感到悲涼。因此，以燈籠爲光導的這一行人就像送殯的行列似的，沈靜無聲。爲了活躍氣氛，每吹奏一節，謙輔就鼓掌一次，大家也跟著鼓了起來。掌聲傳到池沼的水面上，引起了空盪盪的回響。

「走到這兒一聽，大鼓聲反而遠了。」彌吉說。

「那是地形的關係嘛。」謙輔從隊伍的後面這樣答道。

這時，美代絆了一跤，險些摔倒。謙輔替她打著燈籠走在前面。因爲讓這個迷糊的姑娘帶路太不合適了。躲閃在路旁的悅子親眼看見美代把燈籠遞給謙輔的情形。也許是燈籠的光的緣故，美代的臉色有點蒼白，目光無神。也許是心理作用，她彷彿連呼吸也覺著困難似的。

燈籠由一隻手遞到另一隻手的瞬間，燈光映出了美代的上半身，悅子是從這一瞬間捕捉到這種情形的。近來悅子的眼睛觀察事物愈發熟練了。

然而，這種發現很快被遺忘了。因爲一行人爬陡坡時，看見那家家戶戶的屋簷下掛著的祭祀大燈籠的美麗焰火，異口同聲地讚嘆不已。

村民們大部份都趕去參加祭禮，家中無人留守。無留守的村莊闃然無聲，只有燈籠在閃著亮光。杉本家的人們，從架在流經村莊的小河上的石橋走了過去。白天裡在河面上浮游、夜間關進籠裡的鵝群，被這一意外的人流的雜沓聲驚動了，不禁叫喚起來。彌吉說，這叫喚有點像夜啼郎的哭聲。大家不由地聯想到夏雄和她的邋遢的母親，覺著有點滑稽可笑。

悅子望著身穿唯一的好衣服箭翎狀花紋和服的美代，她警惕著自己的眼睛會不會無意識地流露出凶惡的神色。這種警惕，並不是顧忌杉本家的人，而是警惕著接受這種視線的美代會嗅到自己的妒嫉。她想像著要是讓這樣一個迷迷糊糊的農村姑娘察覺出自己的妒嫉，即使僅僅是想像，也就足以撕碎自己的自尊心了。今晚不知美代是臉色不佳，還是她身穿秩父絲綢箭翎狀花紋和服的緣故，不能說她一點也不美。

「這個社會也變得靠不住囉！」悅子尋思，「至少在我的童年時代，女傭除了穿條紋布衣以外，是不准許穿和服的。美代身為傭人，竟穿上這身鮮艷的箭翎狀花紋和服，這是破壞常規、攪亂社會秩序的嘛！母親已故，倘使她尚健在，對這樣無法無天的女人，當時就會打發她回老家的。」

不論從下往上還是從上往下看，階級意識這種東西，都可能成為妒嫉的代替物。悅子對待三郎不一定從未抱過這種陳舊的階級意識，這是顯而易見的。

悅子身穿農村不常見的帶散菊花圖案和服，罩上一件訂做的稍短些的香雲紗短外褂，抹上了一點珍藏的香水，隱隱地透出一股芳香。這種香水，與農村的村祭是很不相稱的，顯然是爲三郎而塗抹的。不了解此情的彌吉，只顧將香水噴霧器對準她低著頭的脖頸噴灑。那些似有若無的肌膚色的汗毛，沾上了細微的一滴滴香水，閃耀著珍珠色的光，簡直其美無比。悅子的肌膚本來就細膩潤澤，這任憑彌吉佔有的奢侈部份，與那沾滿泥土，骨骼粗大的手肌似的實質部份，簡直是矛盾的形態。儘管如此，這兩部份卻無所畏懼地聯繫在一起。不久，那雙沾滿泥土的手，將慢無邊界地、任意地連續伸向她那芳香的胸脯。在彌吉看來，或許製造這種人工的矛盾，才能把自己引進「眞正佔有了她」這樣一種心情上的平靜吧。

一行人從大米配給所的拐角處拐進了小巷裡，突然嗅到乙炔燈散發的異臭，這才看見被乙炔照亮了的夜攤的熱鬧景象。有糖果鋪、有風車檔，他們把風車柄插在稻草捆上叫賣。賣花紙傘貼鄰的攤鋪，在出售已過季節的焰火、紙牌和氣球。每逢祭祀季節，這些小商小販就用便宜的價錢，從大阪的粗點心鋪採購賣剩的商品。他們肩挎帶背帶的洋鐵桶，在阪急梅田站內走來走去，逢人便搭訕，探詢今天在哪個站下車可以遇上祭祀集會？有的人看見岡町站著的八幡宮院內早已被競爭對手佔去了地利，就向第二候補地——村莊院內奔來。他們本來是抱著能賺一筆的過大奢望，如今半失望，覺得再搶先也無濟於事，便邁著懶洋洋的步伐，三五成群地沿著原野上的路來了。也許是這個緣故，這兒的攤販多半是老頭和老太婆。

孩子們圍成圈子觀看著玩具汽車，畫著橢圓形在奔跑。杉本家的人逐攤逐檔地窺視了一遍，他們爲給不給夏雄買一輛五十元的玩具汽車而掀起了一場議論。

「太貴，太貴了。倒不如在悅子上大阪的時候，托她買呢，這樣會便宜些。再說，這些攤檔出售的物品，淨是今天買來明天壞的。」

彌吉大聲嚷著，下了這個結論。玩具攤的老頭滾圓那雙可怕的大眼睛瞪著彌吉。彌吉也瞪了他一眼。決勝負的結果，是彌吉獲勝了。玩具攤的老頭只好死了心，又以孩子爲對象吆喝起來了。離開了老頭之後，彌吉像孩子般地陶醉在勝利的喜悅之中。他穿過一個牌坊，登上了石階。

事實上，米殿的物價比大阪高。只有在不得已的時候，才在米殿購物。試舉一例，比如人糞肥料，據說「大阪的人糞肥價錢好」，冬季裡有時一車是二千元。有些農民用牛車從大阪買來，彌吉硬著頭皮把它買了下來。大阪的人糞肥比這一帶的質量高，效力大。

大家一登上石階，就感到像潮水般的轟鳴聲劈頭傾襲而來。石階上空的夜空四處飛濺著火星子，叫喚聲中夾雜著竹子的爆裂聲，強烈地搏擊著耳鼓。透過古杉的樹梢上，可以望及淒涼的映現出躍動著的篝火火焰。

「從這兒登上去，不知是不是可以走到村社正殿？」謙輔這樣說道。

於是，一行人便從石階的半途上，取曲折的小徑，迂迴地繞到前殿的後頭。衆人來到前殿的時候，喘得上氣不接下氣，最明顯的不是彌吉，而是美代。美代用粗大的手掌，不安似地搓擦著自己蒼白的雙頰。

前殿的前面，宛如艦橋般的情形，船頭正駛向焰火和叫喚的轟鳴的漩渦之中。無法進入漩渦的婦女和兒童就站在這裡鳥瞰著前院的紛擾。石階和石階欄杆在這紛擾中，好不容易地護衛著他們。但是，他們不言語是有道理的。因爲火的影子和遮掩火影而過的人影，不斷地從這裡的人們的臉上、他們扶著欄杆的手上、石階上，很不穩定地疾馳而過。

有時，篝火的火勢甚烈，火焰擺弄著如在踢著大氣似的姿態。於是，看熱鬧的婦女和兒童的臉上——杉本家的人們也加入人群之中——通過鮮明的反映和渲染，活像繫著掛在房簷的風鈴上的舊布條，正面接受著夕照餘輝，染成了深紅色。有時，影子又活像跳躍起來，不斷的升，舔盡了這瞬間的光輝。於是，板著面孔、一聲不吭的黑魆魆的人流，都停止在石階上了。

「簡直如瘋似狂啊！三郎也在裡面吶。」謙輔眺望著眼下亂作一團的人群，自言自語地說了一句。他瞧了瞧旁邊，看見悅子的短外褂腋下有點綻線，悅子自己卻沒有察覺。今晚的悅子怎麼竟這般嬌媚！他覺得有點不可思議了。

「喲，悅子，妳的短外褂綻線啦。」

說不該說的事，這是他一貫的作風。

這時，碰巧又掀起了一陣新的叫喊聲，無用的忠告沒有傳到悅子的耳朵裡。看上去她那副映照在篝火的悲劇式的反映上的側臉，比平時稍許嚴肅、稍許莊重，又稍許有點冷酷無情。

前院的人流不斷瘋狂湧向三方面的牌坊，亂作一團。乍看似乎毫無秩序的這種動向，竟被一頭獅子頭所控制著。咬牙切齒的獅子，抖動著綠布製的鬃毛，恍如破浪前進似地馳騁。舞獅子的人很快就渾身汗淋淋，只好由三名身著夏季單和服的年輕人輪流替換著。獅子後面，追隨著上百的年輕人。他們一個個高舉白紙燈籠在追趕著，不時地把獅子團團圍住，燈籠連同身體互相碰撞，亂作一團。不久，獅子像發怒逞狂似的，甩開衆人，衝另一處牌坊跑去。它後面又有上百的年輕人尾隨而來。依然亮著火的燈籠稀少了，多半都破了，有的只剩下一根把柄，手持者卻沒有察覺而仍在高高地舉著。並且，不斷地聲嘶力竭地呼喚著。前院正中央佇立著矮竹，在竹子下焚火，火勢蔓延到矮竹邊上，發出爆竹的響聲。

被火包圍著的竹子一倒下來，人自又豎起新的矮竹。從火勢來看，設在庭院四個角落上的篝火，比起這瘋逛般的焚火更爲平穩。

平素與冒險無緣的村民們成群結隊不知厭倦地追趕著去觀看那些冒著落在身上的火星子、追隨獅子擠來擠去的年輕人那近乎衝動的過激的行動。這些群衆，在乍看似是平靜的內部，卻始終洋溢著一種帶黏附力的波動。他們的相互擁擠，險些把最前排的遊客向前推倒在亂作一團的年輕人中間。那些手拿團扇的年長管理人，插入了這兩個集團之間，兼管著防止年輕人的煽動和整理遊客的交通，他們把嗓子都喊啞了。

站在前殿的石階上觀看這場面的全貌，只覺得彷彿有一巨大的、微暗的、處處閃爍燐光的蛇體，在篝火的周圍痛苦地翻滾著。

悅子把視線投向衆多白紙燈籠互相猛烈碰撞的那一帶地方。在她的意識裡，彌吉、謙輔夫婦和美代早已不存在了。這叫喚的本體，這瘋狂的本體，這可怕的激越的運動的本體……悅子的直觀由於模糊不清、酩酊恍惚而飛躍起來，其本體就是三郎。她認爲理應是三郎。她覺得這狂飛亂舞著的生命力的無益的浪費，似乎如光輝的閃爍，她的意識就置在這危險的混沌之上，簡直像置在砂鍋上的冰塊溶化了。悅子覺得自己的臉，偶爾被焚火或篝火的火焰無情地照亮了。這使她突然想起爲了將丈夫的靈柩抬出去而開了門，並從這敞開的門投射進來了十一月的陽光，猛烈得像山崩一樣。

千惠子看破悅子的目光是在尋找三郎。但是，不用說她連想也沒想過悅子所尋找的是比這更高的東西。她用天生的親切口吻這樣說道：

「啊！多有趣啊！咱們也擠到裡面去看看好嗎？光站在這兒，怎麼能體會到農村粗獷的祭祀氛圍呢？」

妻子以目示意，謙輔體察到妻子這番話的內涵。反正彌吉是無法跟上來的，這種建議倘能對彌吉進行小小的報復，則是一舉兩得啊。

「對吧，鼓起勇氣去看看嘛。悅子也不去嗎？妳還年輕嘛。」

彌吉裝出一副常見的陰沈的面孔。這是一副以細膩的表情的變化來左右別人的、男子漢充滿自信的陰沈面孔。過去，他憑藉這張陰沈的臉，甚至能夠讓董事提出試探性的辭呈。然而，悅子不瞧彌吉這張臉一眼，便立即作出反應說：

「嗯，我陪妳去。」

「爸爸呢？」千惠子說。

彌吉沒有回答，卻將那張陰沈的臉轉向美代，意在讓美代接受應該同主人一起留在這裡。

「我這兒等著……盡量快點回來。」他沒有望悅子一眼，就這麼說道。

悅子和謙輔夫婦手拉著手下了台階。他們就像手牽著手鑽入大海裡一樣，擠進了吵吵嚷嚷的人群。這些遊客，比在台階上望見的，顯得更加無拘無束地流動著。穿過聚集著的一張張開嘴巴微微發呆的、有氣無力的面孔的人流，向前走去，並不十分費事。

燃燒著的竹子爽朗的炸裂聲，傳到了悅子的耳邊。此時此刻，也許任何不悅的音響傳到了她的耳邊，都會變得爽朗吧。她的柔軟的耳朵本來尋求的只是能震裂鼓膜的危險聲，而對於這區區小事已無法動彈了。如今，她卻反而一味傾聽蘊藏在自己內心的感情的同一旋律中。

獅子頭突然露出金色的牙齒，從人們的頭上波浪式地扭動著，轉移到另一個牌坊那邊去了。剎時引起一片混亂，人潮分左右流動。令人眼花撩亂的一群人，從悅子的眼前通過。這群人是在焰火映照下的半裸的年輕人。有的頭髮蓬亂，有的將裹在腦門上的白頭巾的結子挪到後腦勺，他們異口同聲地發出了野獸般的吼叫，捲起了一陣蒸發似的熱風，從悅子的身邊飄逸而過。這一瞬間，只見栗色的半裸軀體忽然在互相撞擊，結實的肌肉與肌肉相碰撞，發出了沈重聲，被汗水濡濕的皮膚與皮膚相貼又分離的明朗的吱吱聲，充滿在周圍的空氣中。在黑暗中互相糾纏著他們的赤腳，恍如無數別的生物在蠕動，實是令人生畏。

難道沒有任何一個男人知道自己的腳是哪雙腳嗎？

「不知道三郎在哪兒呢。打著赤腳，誰是誰都分辯不出來啦！」謙輔說。他爲了不致於被衝散，把手搭在妻子和弟妹的肩上，他的手動輒就從悅子滑溜的肩膀滑落下來。

「確是啊！」他自我附和地繼續說，「人一旦赤身裸體，就會懂得所謂人的個性的根據是薄弱的。就說思想吧，有四種足夠了，諸如胖子的思想。瘦子的思想、高個的思想和矮子的思想、就說臉龐吧，不論看哪張臉，都只有兩隻眼睛、一個鼻子和一張嘴。不會有獨眼的毛孩子。連最能夠表現個性的臉龐，充其量只能起到與他們有別的記號的作用。就說戀愛吧，也只不過是記號戀上記號罷了。一旦進入發生肉體關係階段，就已是無記名與無記名之戀了。這只不過是混沌與混沌、無個性與無個性的單性繁殖而已。那就沒有什麼男性或女性，對吧？千惠子。」

就連千惠子也覺著討厭，隨便附和兩句了事。

悅子不禁發笑了。那是這男人不斷在耳邊嘟噥著的、毋寧說像失禁似的思考力。對了，可以說這是「腦髓的失禁」。這是多麼可悲的失禁啊！這男人的思想，恰似這男人的臀部一般的滑稽。但是，最根本的滑稽，是他這種獨白的節奏，與眼前叫喚的、動搖的、氣味的、躍動的、生命力的節奏完全不合拍。倘使有哪位指揮，不把這樣的演奏家從交響樂團中攆出去，我倒想見見這位指揮呢。然而，偏僻地區的交響樂團往往容忍這種走調，照樣運營……

悅子睜大眼睛。她的肩膀輕易地擺脫了謙輔那隻搭在上面的手。

原來她發現了三郎。三郎平素寡言的嘴唇，由於叫喚而明顯地張開著。露出了成排銳利的牙齒，在篝火火焰的映照下，閃爍出漂亮的白光……

悅子在他那絕不張望自己的瞳眸裡，也能看見映照在他的眼裡的篝火。

這時候，剛覺得獅子頭再次從群衆中高高揚起來在睥睨著四方的時候，它又突然瘋狂般地轉移方向，抖動著綠色的鬃毛，擠進了遊客的人流裡了。它向前殿正門的牌坊跑去，半裸的年輕人雪崩似地尾隨其後。

悅子的腳，掙脫了她的意志的羈絆，緊跟在這伙相互簇擁的人群之後。在她後面的謙輔呼喚著悅子、悅子。這呼喚聲還夾雜著不愧爲千惠子的喧囂的笑聲。悅子沒有回頭。她感到內面的一種東西，從朦朧的不安定的泥濘中冒出來，衝出她的外面，形成一種幾乎像膂力似的肉體的力量，閃現出它的光華。好幾次的一瞬間，她確信人世間什麼事都是有可能發生的。這一瞬間，大概人可以瞥見平日肉眼所不能看到的許多東西，而這些東西一度沈睡在忘卻的深層，此後偶爾接觸又會復甦，再次向我們暗示世界的痛苦和歡樂是令人驚愕的豐饒。然而，誰也不能迴避命運的這一瞬間，所以誰也無法迴避這種人把自己的眼睛看到的東西全都看了的不幸……若論現在，悅子沒有任何一件事是辦不到的。她的臉頰，火辣辣似的。她被無表情的群衆簇擁著，跌跌撞撞地向正門牌坊的方向走去。這時候，她幾乎走到了隊伍的最前列。繫著攬袖帶子的管理人的團扇即使碰在她的胸脯上，她對這種打擊也是毫無感覺。這是一種痲痺狀態和激烈的興奮在撞擊著的狀貌。

三郎沒有察覺到悅子。她的肌肉格外發達的淺黑的脊背，恰巧向著擁擠而來的人群，他的臉衝著中心的獅子頭，一邊叫喚一邊挑戰。他的胳膊輕鬆地高舉著的燈籠已經熄滅，這燈籠同別的燈籠一樣，破得不成樣子，可他卻沒有發現。他的躍動著的下半身昏昏暗暗，而看上去缺乏躍動的脊背，完全聽任火光和影子在上面亂舞，有點令人目眩，肩胛骨周圍的肌肉，也如搏擊著的翅膀的肌肉在躍動著。

悅子一味祈盼著用自己的手指去觸摸它。不知道這是屬於哪種類型的欲望。打比喻來說，她覺得他的脊背恍如深沈莫測的大海，她盼望著投身到裡面去。儘管那是近似投海自殺者的欲望，但投海自殺的人所翹盼的不一定就是死。繼投身之後而來的，是有別於過去，好歹是另一個世界的東西就行了。

這時候，群衆中掀起了一股強烈的波動，把人們推向前方。半裸的年輕人卻逆人潮而動，追隨變化無常的獅子的移動，倒退到後面了。悅子被後面的人群推推搡搡，險些絆倒在地，這當兒從前邊擠追過來的熱火般的脊背襲擊了她。她伸出手去擋住了它。原來是三郎的脊背。悅子的手指有一種觸感，體味到他的背肌彷彿是一塊放置了好幾天的黏糕。體味到一種莊嚴的炙熱……後面的群衆再次推搡而來，她的指甲尖銳地扎了一下三郎的肌肉。三郎太興奮，不覺得疼痛。他不想了解在這瘋狂般的互相擠撞中，支撐著自己的背部的女人是誰……悅子只覺得他的血滴落在自己的指縫裡。

看樣子管理人的制止毫無效果。亂作一團的瘋狂的群衆，擁到前院的正中央，走到不斷發出聲音的旺盛地燃燒著的矮竹附近了。焚火被踐踏。連光腳板的人們也已經感覺不到炙燙了。火包圍著矮竹，把古杉的樹梢照得通紅，火星子揚起紅色的煙霧。燃燒著的竹葉，呈現一片黃色，猶如迎面接受落日的餘輝。抖動的炸裂的細細的火柱，活像桅桿大幅度地左搖右擺了一陣子，突然傾倒在擠擁的群衆頭上……

悅子彷彿看到了一個頭髮著火的大聲狂笑的女人。此後就沒有確切的記憶了。好歹她已經逃脫出來，站在前殿的石階前了。她浮想起映現在她眼裡的夜空充滿著火星子的一刹那。但她並不覺得害怕。只見年輕人爭先恐後地向另一處牌坊奔去。群衆似乎忘卻了剛才的恐怖，又成群結隊緊跟在他們的後面……什麼事情也沒有發生。

悅子爲什麼獨自在這兒呢？她驚奇地凝望著前院地面上不斷飛舞的火焰和人影的交織。

——突然有人拍了一下悅子的肩膀。這是像黏住了似的謙輔的手掌。

「妳在這兒呀，悅子，叫我們好擔心啊。」

悅子不言語，毫無感情地抬頭望了望他。他卻氣喘吁吁地接著說：

「告訴妳不得了啦。請來一下。」

「發生什麼事了嗎？」

「唉，請來一下嘛！」

謙輔拽著她的手，大步登上了台階。剛才彌吉和美代所在的地方圍成了人牆。謙輔撥開人流，把悅子領了進去。

美代仰躺在並排兩張的長條凳上。千惠子站在一旁，貓腰準備給她鬆腰帶。彌吉閒得無聊，叉開雙腿站著阻擋圍觀者。美代的和服穿得很不服貼，露出了鬆弛的胸部，她微微張開嘴巴，昏厥過去了。她的手像扭著耷拉下來，指尖搆著石階地上。」

「怎麼啦？」

「她突然暈倒了。大概是腦貧血，要不就是癲癇吧。」

「得請醫生來啊。」

「剛才田中已經聯繫過了。據說要把擔架抬來呢。」

「要不要通知三郎來?」

「不，不必了。沒什麼大不了的。」

謙輔不忍直視這臉色刷白了的女人的面孔，他把視線移開了。他是個連小蟲子也不敢殺生的男人。

這時候，擔架抬來了。由田中和青年團的青年兩人把她抬了起來。下台階是危險的。謙輔打著手電把路照亮，大家一個個地從曲折的小路迂迴而下。手電的光偶爾照在美代緊閉雙眼的臉上，看上去像一具能樂的面具。成群結隊跟來的孩子們看見這番情景，半開玩笑半起哄地發出了驚叫。

彌吉跟在擔架後面，不停地在嘟噥著。他嘟噥什麼，不言自明。

「……眞丟臉。給人提供了製造流言蜚語的材料。眞是意外的、當衆出醜的病人。居然趕在祭祀高潮時……」

幸虧醫院坐落在一個角落上，不用穿過攤販街就可以到達。擔架穿過一處牌坊，走進了一條黑魆魆的街衢。病人與陪同都進了醫院，醫院門前的圍觀者也不離散。因爲祭祀儀式重重覆覆，沒完沒了。他們都看膩了。毋寧說，他們更想了解這裡發生的事情的結果。這些人一邊踢著石子兒，傳播小道消息，一邊愉快地等待著。這樣的事件，是預料之中的祭祀副產品之一。多虧有了這事件，此後十天他們不致於無閒聊的話題，這是一種最好的餘興。

醫院也換屆了，由年輕的醫學士來擔任院長。這個架著金絲眼鏡的浮薄才子，嘲笑亡父和所有親戚的鄉巴佬習氣，唯有杉本一家的別墅人種的氣質，則成了他的眼中釘，儘管在馬路上相遇也和藹可親地打打招呼，可心中卻閃爍著猜疑。要說是什麼猜疑心，那就是生怕人家識破自己虛有其表的城裡人架子的猜疑心。

病人被送進了診療室。彌吉、悅子和謙輔夫婦被領進了面對庭院的客廳，讓他們在這兒等候著。四人都不怎麼開口說話。彌吉時而突然聳動幾下那對活像文樂⑤的白太夫面具上的掃帚似的眉毛，彷彿眉毛上落滿了蒼蠅似的；時而又大口吸入空氣，通過臼齒的空洞，發出了特大的聲音。他後悔自己無奈，有點驚慌失措了。要是不去叫田中，事態肯定不會鬧大，也不會將擔架抬來。其實只要在場發現的人料理料理就可以了。記得有一回，他一走進農業工會辦公室，正在談笑風生的職員戛然緘口不言了。其中一人就是大臣理應來訪的那天，早早就來到杉本家的職員……光那件事就被當作笑柄了。這次事件則更糟糕……

一定會成爲更具惡意臆測的材料，這種危險性是很大的……

悅子低頭望著自己並排放在膝上的手的指甲。一個指甲上還牢牢黏住早已風乾了的暗棕色的血跡。她幾乎是下意識地將這指甲舉到自己的唇邊。

身穿大白褂的院長站著把隔扇門拉開，對杉本一家顯露出多少帶點莊重的豪爽，若無其事地說：

「請放心。病人已經甦醒過來了。」

對彌吉來說，他一向不關心這種報告，所以他冷淡地反問道：

「病因是什麼？」

醫學士把隔扇門關上，走進房間裡，他介意自己的西裝褲的褶痕，慢吞吞地落坐下來，帶著一種職業性的微笑說：

「是懷孕了。」

---

① 巴蕉，即松尾芭蕉（一六四四～一六九四）日本江戶前期俳句詩人。

② 談林風，是古代日本俳句的一個學派。

③ 俳諧，即一種帶詼諧趣味的和歌或連歌。

④ 子規，即正岡子規（一八六七～一九〇二）日本俳句詩人。

⑤ 文樂，合著義太夫歌謠演出的木偶戲。

第四章

悅子對良輔久已遺忘了的記憶，在祭祀節晚上那可怕的難以成眠的最後，又重新泛起，做了一個關於良輔的夢，以致再次威脅著她的日常生活。但是，這影像與他死後不久、她在感傷的月暈中所望見的影像大不相同，那是裸露的、有害的、甚至是有毒的影像。在這影像裡，她與他的生活竟改變了面貌，變成在祕密房間裡舉辦的可疑的學校，講授摸不著邊際的課業。與其說良輔愛悅子，不如說是教育悅子。與其說教育，不如說是訓練。這就好像江湖藝人給不幸的少女以各式各樣的絕技訓練一樣。

這錯倒了的可惡而殘酷的授課時間，被迫做無數的背誦、挨鞭子和懲罰……這一切教給了悅子奸智，即「只要禁絕妒嫉，沒有愛也是可以生活的。」

悅子全力以赴地使這種奸智變成自己的東西。她使儘了渾身解數。然而卻無成效……要是沒有愛也可以生活的話，那麼這種冷酷無情的課業，將使悅子得忍受任何痛苦的折磨……這種課業教給了悅子奸智的處方……而且，這處方由於內中缺乏幾種藥而無效。

悅子認爲這幾種藥就在米殿。她找到了。她放心了。萬沒想到它竟是巧妙的贋品，是無效的藥物！……它原來是贋品啊。一直擔驚受怕的事，一直畏懼不安的事終於又發生了。

——醫學士露出了一絲淺笑，說，「是懷孕了」的時候，悅子的心感到莫大的痛楚。她覺得自己的臉色刷白了，極度的口渴甚至催她欲吐。不能裝模作樣了。她望著彌吉、謙輔和千惠子流露出來的與其說是不嚴肅、不如說是猝然發瘋的驚愕的表情。不錯，在這種場合，是驚愕。不得不驚愕。

「唉，眞討厭。她張著的嘴就是不閉上。」千惠子說。

「提起近來的姑娘，眞令人吃驚啊！」彌吉竭力操著輕快的口吻附和了一句。

這是對醫生來說的，音外之意就是得給醫生和護士多少堵嘴錢。

「眞令人吃驚啊！悅子。」千惠子這樣說道。

「嗯！」悅子露出了呆滯的微笑。

「妳這個人呀，就是這麼個性格，遇事不怎麼驚愕。眞是泰然自若啊。」千惠子補充了一句。

本來就是嘛。悅子毫不驚訝。因爲她是在妒嫉。

若說謙輔夫婦，他們對這個事件頗感興趣。沒有道德的偏見，是這對夫婦值得自豪的長處。正是這種自命的長處，使他們從瞧熱鬧落到僅是缺乏正義感的存在。雖說誰都喜歡觀看失火現場，然而不能說站在晾台上看就比站在路旁看更爲高級。

難道會存在沒有偏見的道德？這種具有近代趣味的理想之鄉，好歹是讓他們忍耐寂寞的農村生活的夢。爲了實現這個夢，他們所持的唯一武器，就是他們的忠告，他們擁有專利權的親切的忠告。這樣，他們至少在精神上得到滿足，做著忙碌的思考。精神上的忙碌，實際上是屬於病人的範圍。

千惠子由衷地讚賞丈夫的學識之淵博，其一例就是謙輔懂希臘語，卻不向任何人炫耀。這在日本至少是鮮見的。他還能諳記拉丁語二百一十七個動詞的變化，一無遺漏地識別許多俄國小說的登場人物的長長的名字，同時還能滔滔不絕地說出諸如日本的能樂是世界最高的「文化遺產」（這句話是他最喜歡的）之一，「其洗練的美意識可以與西歐的古典相匹敵」等等。這就像著書全部賣不出去，卻自詡是天才的作者一樣，雖然無人邀請自己去作講演，卻自信自己的學說是爲世人所不接受的學說。

這對知識分子夫妻的確信，只要稍下功夫，總會使人生起變化的。這是一種旁觀者的確信，思索著謙輔那種退伍軍人似的自負是從哪兒訓練出來的，或許反正是來自謙輔所最輕蔑的杉本彌吉的遺傳吧。只要聽從他們既無偏見又無私心的忠告行動就是好；否則違背其忠告，招致失敗就會被認爲完全是出於被忠告者的偏見所喜歡的招數。他們夫婦具備可以責備任何人的資格，其結果卻陷入不得不寬恕任何人的不如意的境地。不是嗎？因爲對他們來說，這人世間沒有任何一件是眞正重要的事。

以他們自己的生活來說吧。只要稍下功夫就可以輕易地改變的，可眼下他們卻懶得下功夫。他們與悅子的不同點，就是他們可以輕易地愛上他們自己的怠惰。

所以，觀賞祭祀後的歸途中，謙輔和千惠子在雨雲低垂的路上稍落後於他人，他們邊走邊緊張地期待，相互猜想著美代妊娠的來龍去脈。最後決定美代今晚留住醫院，明早才回到家裡。

「至於是誰的孩子，肯定是三郎的，這就不用議論了。」

「這不是明擺著的事嗎？」

對於妻子毫無懷疑自己，謙輔感到相對的寂寥。在這點上，他對已故的良輔多少懷著一種妒嫉心。話裡有話似地說：

「要是我的，怎麼辦？」

「我可不願意聽到這種玩笑。我的性格是不能容忍這種齷齪的玩笑的。」

千惠子像童女似的，用雙手的指頭緊緊按住雙耳。爾後大搖擺著腰身，耍起脾氣來。這個眞摯的女人，是不喜歡世俗的玩笑的。

「是三郎的。肯定是三郎的嘛。」

謙輔也是這麼想。彌吉已經沒有平時的能力了。只要觀察一下悅子，就會找到確鑿的根據。

「事態將會發展成什麼樣子呢？悅子的臉色非同平常啊！」——他望著距他五、六步的前方與彌吉並肩而行的悅子的背影，壓低嗓門說。從後面可以看見悅子稍端著肩膀走路的模樣，她無疑是忍受著什麼感情的折磨。

「這樣看來，她還愛著三郎囉。」

「是啊。在悅子看來，是很痛苦的啊！她這個人爲什麼這樣不幸呢？」

「就像習慣性流產一樣，這是一種習慣性失戀吶。神經組織或什麼部位出了毛病，每次戀愛一定落入失戀的苦境喲。」

不過，悅子也很聰明，她會很快設法控制自己的情感的。」

「我們也親切地參與商量吧。」

這對夫妻猶如穿慣了成衣的人懷疑裁縫店的存在的理由一樣，在懷疑釀成悲劇的人的存在，儘管他們對已經發生的悲劇頗感興趣。對他們來說，悅子依然是難以解讀的文字。

十月十一日從早就下起雨來。風雨交加，把一度打開的木板套窗又關上了。而且，白天停電。樓下每個房間都像泥灰牆倉庫一樣，黑魆魆的。聽了夏雄的哭聲以及信子和著這聲調的半開玩笑的哭聲，實在令人討厭。信子沒能去看祭祀，一直在鬧彆扭，今天不肯去上學了。

爲此，彌吉和悅子難得地來到謙輔的房間。二樓沒有裝上木板套窗，玻璃窗做得格外堅固。雨颳不進來，可是走去一看，一處漏雨，緊挨這處擺了一個放上搌布的鐵桶。

這次訪問是劃時期的。高築的門檻，把自己圍在狹窄的世界裡生活的彌吉，從未曾造訪過謙輔和淺子的房間，在自己的家中，自然而然地給自己製造了一個禁區。其結果是，殷勤周到的謙輔看見彌吉走進來，便竭力擺出一副惶恐的感激的姿態，同千惠子一起忙不迭地備好了紅茶，這給彌吉留下了良好的印象。

「不用張羅了。我只來一會兒避避難。」

「眞的，請不用張羅。」

彌吉和悅子先後這樣說道。他們像是孩子玩公司遊戲，扮演來訪部下家的社長夫婦一樣。

「悅子的心眞叫人摸不透啊！幹麼總是躲藏似地坐在公公的後面呢。」事後千惠子說。

雨密密麻麻地下著，把四周閉鎖在其中。風稍稍平穩了，唯有雨聲還是那樣淒厲。悅子移開視線，瞥見雨水順著漆黑的柿子樹幹像墨汁似的流淌下來。這時候，她覺得自己的心情簡直是被閉鎖在單調的殘忍的壓倒一切的音樂中。這雨聲不正像是數萬僧侶念經的聲音嗎？……彌吉在說話。謙輔在說話。千惠子在說話……人的話是多麼無力，多麼狡滑，多麼徒然。粗魯、微不足道，儘管如此，卻還拼命地向某處伸展。多麼繁忙啊！……任何人的話，都敵不過這殘忍而激越的雨聲。唯有不受這種語言困擾的人的吶喊，唯有不懂語言的單純的靈魂的呼喚，才敢同這雨聲相抗衡，才敢衝破這雨聲的死亡的牆……悅子想起被篝火的火焰照亮、並從自己眼前疾馳而過的一群薔薇色的裸形，還有他們年輕圓潤的野獸般的吼聲……只有這種吼聲。只有它才是重要的。

悅子驀然醒悟過來。彌吉的聲音高昂。原來他是在徵求她的意見。

「對象是三郎的話，該怎樣處置美代呢？我覺得這個問題得看三郎怎樣囉。得看他道義上的態度怎樣來定囉。假設三郎堅持迴避責任，那麼就不能讓這樣一個不仁不義的漢子留在這個家中，要把他解雇，只留下美代……不過，美代必須馬上墮胎。又假設三郎認眞承認自己的不是，要娶美代爲妻，那就算作罷，讓他們作爲夫妻按老樣子留下來。二者擇一。妳看怎麼樣？也許我的意見有些偏激，但我是以新憲法的精神爲準則的。」

悅子沒有回答，只在嘴裡輕輕地說了一聲：「這……，」她那雙端麗的黑眼睛直勾勾地盯在空中某個毫無意義的焦點上。雨聲允許了這種沈默。……儘管如此，謙輔望著這樣一個悅子，不免感到她有些地方簡直像一個瘋女。

「這豈不是叫悅子無法表態嗎？」

謙輔助了她一臂之力。

然而，彌吉對這種說法非常淡漠，不予理睬。他焦灼萬分。彌吉所以在謙輔夫婦的面前提出了這二者擇一的辦法，其內心的打算是：試探一下悅子，這是相當切實的希求，是籌劃周全的詢問，如果悅子袒護三郎，就只好容忍他們結婚，或者相反。如果她在衆人前有所顧忌而違心譴責三郎，就只好同意把三郎攆出去。如果彌吉過去的部下看到他玩弄這種謙虛的詭計的場面，恐怕也會懷疑自己的眼睛的吧。

彌吉的妒嫉確是貧乏。要是壯年時代，他看見別的男人奪走妻子的心，是會用粗野的一記耳光，讓其從妄念中醒悟過來的。死去的妻子幸好是個只顧將彌吉施以上流社會式的教育來作爲可愛的妄念的女人，她並沒有生起那樣的機靈的妄念。現在，彌吉老矣。這是從內部帶來的老。猶如從內部被白蟻蛀食的雕鳥標本那樣老……儘管彌吉直感到悅子悄悄地愛著三郎，可他不能訴諸比上述辦法更強硬的手段。

悅子看到這老人的眼睛裡閃爍著的妒嫉，是那樣的無力，那樣的貧乏，她便產生一種對誰都自豪的心情，不斷地感受到自己的妒嫉的能力，自己內心貯藏著的取之不盡的「痛苦的能力」。

悅子直言了。痛痛快快地直言了。

「總之要見見三郎查詢眞實的情況。我覺得這樣比老爸直接談會好些。」

一種危險把彌吉和悅子放在同盟關係上。這種同盟的關係的基礎不像世界上一般的同盟國是基於利益，而是基於妒嫉。

此後，四人無拘無束地閒聊到晌午。回到房間進餐的彌吉，差使悅子將約莫二合①的上等茅栗送到謙輔的房間裡。

悅子準備午飯時，打破了一只小碟子。還微微燙傷了手指。

只要是軟的菜肴，不論什麼彌吉都說好吃；而堅硬的東西，不論什麼他都說不好吃。他欣賞悅子的烹調，不是在於味道，而是在於柔軟。

雨天裡，簷廊邊的木板門關上了，悅子下廚房燒菜。爲了保溫，她沒有將美代煮好的飯盛在飯桶裡，就原樣放在鍋裡。美代燒好飯後，不在廚房裡了。紅火炭已經燃盡。悅子從千惠子那裡要來了火種，移到炭爐裡，在這當兒，她的中指被火燙傷了。

這種疼痛，使悅子感到煩躁。不知怎地，假使她叫喚，她總覺得聞聲而來的絕不可能是三郎。匆匆跑來的彌吉，從敞開衣襟的和服下襬露出難看的皺巴巴的茶色小腿，他大概會問聲「怎麼啦」吧。三郎是絕不會來的……如若悅子突然發出瘋狂般的笑聲。聞聲而來的，恐怕還是彌吉吧。他定會狐疑地將眼睛瞇成三角形，而不會同她一起笑，自己只顧努力探求她笑的意義……他已經不是能跟女人齊聲開懷大笑的年齡了……而且他是她——還絕不能說她是個老嫗——的唯一的回聲。唯一的反響。

在十六、七平方米的廚房的土間裡，一部份地方被流進來的雨水弄成淤水窪，水窪中怠惰地描畫出玻璃門的灰色光線的反射光線。悅子一直站在濕漉漉的木屐上，一邊用舌尖舔著燙傷的中指，一邊呆呆地凝望著這些反射光線，腦子裡裝滿了雨聲……

儘管如此，所謂日常生活運營是十分滑稽的。她的手彷彿能鬆開活動了。她將鍋坐在火上，注入水，加進糖，再放入切成圓片的甘薯……今天午餐的菜譜就是煮甘薯糖水，用黃油炒從岡町買來的肉末和蘑菇，還有山藥泥……這些菜肴都是悅子在恍惚之中充滿熱情的勞動做出來的。

這時候，她活像下廚的女傭無休止地徘徊在夢想裡。

她想：痛苦尚未開始。是怎麼回事？痛苦眞的尙未開始。因爲痛苦會凍僵我的心臟，顫抖我的手，捆住我的腳……我就這樣做菜，算是怎麼回事呢？爲什麼要做這種事呢？……冷靜的判斷，射中靶心的判斷，情理兼有的判斷，所有這些判斷，還有許許多多，不，一直到未來，我彷彿也可以做到的……美代妊娠，我的痛苦理應到頭了。還會欠什麼呢？難道還必須付出更可怕的代價才能完成嗎？

……我首先聽從我的冷靜的判斷吧。對我來說，看三郎已經不是我的喜悅，而是我的痛苦了。但是，不看三郎，我就無法活下去。三郎不能離開這裡。正因爲如此，就必須讓他結婚。同我？這是多麼錯亂啊。同美代？同那農村姑娘？同那滿身爛西紅柿味兒、滿身尿臭味的笨姑娘？是！這樣一來，我的痛苦就會到頭。我的痛苦就會成爲完整的東西。這才成爲沒有餘韻的東西。……這樣一來，我多半就會釋下重負吧。短暫的、虛假的安心也會到來的。把它拽住吧。相信這種虛僞……

悅子聽見窗框上的白臉山雀的啁啾鳴囀。她把額頭貼在窗玻璃上，望著小鳥在整理它那被打濕了的翅膀的姿態。小鳥又白又薄的眼瞼似的東西，使牠那兩隻烏黑閃光的小眸似隱若現。喉嚨處少許劈裂的羽毛在不停地動，就從這兒流洩出了這種令人煩躁的鳴轉……悅子看見自己的視野盡頭，有個明亮的龐然大物。天空下著毛毛細雨。庭院盡頭的栗樹林子明亮起來，就好像在黑暗的寺院裡打開了金光閃內的神龕一樣。

下午，雨過天晴。

悅子跟隨彌吉來到了庭園。薔薇的支棍被雨水沖走，他們把倒下的薔薇扶正了。有的薔薇把頭伸進泡著生草的混濁的雨水裡，花瓣彷彿經過一番痛苦掙扎之後似的散落在水面上。

悅子將其中一株扶正，然後用髮繩繫在立著的支棍上。幸虧沒有折斷。她的指頭觸及濡濕了的花瓣的重量，這重量裡存在彌吉的自豪。悅子入神地望著這漂亮的鮮紅花瓣，這花瓣上黏著的手指觸摸時的清爽的感觸。

於是，操持這種作業的彌吉卻無言、無表情，像是慪氣似的。他腳蹬長統膠鞋，身穿軍褲，彎下腰來，把一株株薔薇扶起來了。帶著這種沈默、幾乎無表情的神色從事的勞動，是血液裡沒有喪失農民氣質的人的勞動。這個時候的彌吉，也是悅子所喜歡的。

趕巧三郎從悅子跟前的石子小路經過，他招呼說：

「我沒有注意，對不起。我剛才做了些準備工作，讓我來做吧。」

「行了，已經都弄好了。」彌吉說，他沒瞧三郎一眼。

只見三郎那遮掩在麥稭大草帽下的淺黑色的圓臉，向悅子微笑著。破舊的麥稭帽沿斜斜地耷拉下來，夕陽在他的額頭上畫出明亮的斑點。他笑時嘴邊露出了成排潔白的牙齒。悅子看見這恍如被雨水沖刷過的新鮮的雪白，好像甦醒過來，站立起來了。

「來得正好。我有話跟你說，請跟我一起到那邊去。」

過去悅子在彌吉面前從未曾用這樣開朗的語調對三郎說話的。即使是無需避忌彌吉的光明正大的話也罷。豈止如此，如今這些話擺脫了羈絆，甚至讓聽者也能領會到是帶有露骨的引誘。悅子全然不顧隨之而來的殘酷的任務，她以半陶醉的心情，說出了剛才自己所說的深深喜歡的話。所以她的聲調裡飄逸著一股不期而然的、難以壓抑的甘美。

三郎困惑地望了望彌吉。悅子已經推著他的胳膊肘，催促他向通過杉本家門口的方向走下去。

「妳打算站著把話說完嗎？」

後面傳來了彌吉半驚訝的招呼聲。

「是啊。」悅子說。

悅子急中生智，她這下意識的一招，使彌吉失去了竊聽她同三郎談話的機會。

「你剛才想到那兒？」

悅子首先詢問的，就是這種無意義的事。

「是，正想去寄封信。」

「寄什麼信，讓我看看。」

三郎老老實實地把手中握著的捲成圓筒的明信片遞給悅子，讓悅子看了。這是給家鄉友人的信。字跡非常幼稚，只寫了四、五行，簡單敘述了近況。

昨日這裡的祭祀節。我也是一名青年人，出去鬧騰了一陣子。今日實在太累了。不過，不管怎麼說，鬧騰一陣還是痛快的、愉快的。

悅子縮了縮肩膀，搖晃著似的笑了起來。

「是封簡單的信嘛。」

悅子說著把信交還了三郎。三郎聽她這麼說，顯得有點不服氣。

沿著石板小路的楓林，把雨後的水滴和夕照的水珠灑滿在鋪石上。一些樹已經披上了紅裝，下面的滿是紅葉的枝椏在風中微微地搖曳。他們來到了石階處，剛才被楓樹梢佔據了的天空豁然開闊，可以望及了。此刻兩人才發現蒼穹布滿了濃雲。

這種無可言喻的愉悅，這種無以倫比的沈默的豐饒，給悅子帶來了不安的心緒。爲了了結自己的痛苦，自己把許可的僅有的閒暇全都花在享樂上，這是會遭人懷疑的。難道自己不是準備這樣漫無邊際地繼續閒聊下去嗎？難道自己不是準備不把關鍵的棘手的話題談出來而了結嗎？

他們兩人過了橋。小河的水位上漲了。在奔流著的呈泥土色的河水裡，無數的水草順著流水方向漂流，透過水面可以望及，恍如若隱若現的新鮮的綠色豐盈的頭髮。他們穿過竹林，來到可以瞭望見大片水淋淋的雨後的莊稼地的小路上，三郎駐足，摘下了麥稭帽。

「那麼，我走了。」

「去寄信嗎？」

「是。」

「我有話跟你說吶。待一會兒再寄嘛。」

「是。」

「到大街上，熟人很多，碰見太麻煩。咱們就到公路那邊去，邊走邊談吧。」

「是。」

三郎的眼睛裡泛起了不安的神色。平素那麼疏遠的悅子，今天對自己竟如此的親切，他感到悅子不論是話語還是身體都這樣貼近自己，這還是頭一遭。

他窮極無聊，把手繞到背後。

「背上怎麼啦？」悅子問道。

「哦，昨晚祭祀結束後，脊背受了一點輕傷。」

「痛得厲害嗎？」悅子皺著眉頭問道。

「不。已經全好了。」三郎快活地答道。

悅子心想：這年輕人的肌膚簡直是不死之身嘛。

小路的泥濘和濕漉漉的雜草，把悅子和三郎的赤腳給弄髒了。走了不一會兒，小路愈發狹窄，不能容納兩人並肩而行了。悅子稍撩起和服下襬走在前面。突然，一陣不安襲上心頭，她想：三郎是不是沒有在自己的後面呢？她想呼喊他的名字，但又覺得呼喚名字或回過頭去都是不自然的。

「那不是自行車嗎？」悅子回頭這麼說道。

了。

「不是。」

三郎不知所措似的神情歷歷在目。

「是嗎。剛才好像聽見了鈴聲。」

她垂下了視線。三郎的粗壯的大赤腳和她的赤腳一樣都被泥濘弄髒了。悅子感到滿足了。

公路上依然沒有汽車的影子。而且，混凝土的路面早已乾了，只在這裡那裡留下了倒映著波狀雲的水窪，好像是用白粉筆描畫似的一道鮮明的線，隱沒在頂著淺藍色黃昏天空的地平線上。

「美代懷孕的事，你知道了吧？」悅子一邊與三郎並肩行走，一邊說。

「哦，聽說了。」

「聽誰說的？」

「聽美代說的。」

「是嗎。」

悅子感到心跳加速了。她終於不得不從三郎的嘴裡聽到了對自己來說是最痛苦的事實。

在這決心的底層仍然存在著錯綜複雜的希望，這促使她尋思：也許三郎掌握了確鑿的反證呢。譬如，美代的對象是米殿村的某青年，這男人是個臭名昭著的流氓；譬如，儘管三郎屢次忠告美代，可美代就是不肯聽這種忠告……又譬如，同有婦之夫的農業工會職員犯的錯誤等等。

這些希望與絕望，以現實的姿態交替地浮現在悅子的眼前。她畏懼於這個姿態的精神狀態，促使她眼前的質問無限期地推遲觸及核心的問題。這些東西，宛如潛藏在雨後清爽的大氣中的無數快活的微粒子，宛如急於向新的結合雀躍的無數的元素。她的鼻腔裡都嗅到這些東西透明的動向，盡情地領略開始發燒的臉頰肌膚的氣息。兩人沈默良久，繼續在渺無人影的公路上行進。

「……美代的孩子……」悅子冷不防地說，「……美代的孩子的父親是誰？」

三郎沒有回答。悅子等待著他的回答。他還是沒有回答。沈默到了一定程度，勢必帶有某種意義。對悅子來說，等待這帶有某種意義的瞬間，是難以忍受的。她閉上眼睛，又睜開了。毋寧說，不正是她自己被問住了？……悅子偷看了一眼低頭的三郎的側臉。他的側臉在麥稭草帽下形成頑固的半面陰影像。

「是你嗎？」

「是。我想是的。」

「你說『我想是的』，是『也許不是』的意思嗎？」

「不。」三郎緋紅了臉。他強作的微笑只擴展到某一角度就收住了。「就是我。」

面對這不盡興的回答，悅子咬緊了嘴唇。她以爲三郎的否定，哪怕是笨拙的謊言、一時的否定，也是對她應有的禮貌。在這難以取悅之中，她失去了自己所寄託的僅有的希望。悅子的存在，倘使在他的心中佔有一定的定置，那他就不可能如此明目張膽地坦白交代出來。根據謙輔和彌吉的斷定，她也大致認定這是一目了然的事實了。可是，她想知道的，不是三郎是孩子的父親這個事實，而是想把更多的賭注押在可能否定這個事實的三郎的羞怯和恐懼上。

「是嗎?!」——悅子疲憊似地說。話語有氣無力，「所以，你是愛美代的囉？」

三郎最難理解的是這句話了。對他來說，這句話彷彿是距自己很遙遠的，特別訂做的，屬於奢侈的詞彙的。這句話裡似乎有什麼剩餘的東西、不切實的和超出限度的東西。雖說他和美代聯結在一起，這是一種切實的關係，但不一定是永恆的關係。正因爲這種關係是被放置在一個半徑裡才不得不互相聯結在一起，一旦脫離半徑之外，就會像再也不能互相吸引的磁石一樣。在這樣的關係中，他覺得愛這個詞似乎太欠妥了。他估計彌吉可能破壞美代和自己的關係。然而，這種關係並沒有使他感到痛苦。即使他被告知美代懷孕了，這個年輕的園丁也全然沒有自覺到自己要當父親。

悅子的追問，迫使他勾起了種種回憶。他記得悅子來到米殿村約莫一個月光景，一天，美代遵彌吉之命到堆房去取鐵鍬。鐵鍬夾在堆房的裏面，怎麼也拔不出來。她就去把三郎喚來，三郎去把鐵鍬拔了出來。這時，美代大概是打算幫在使勁拔鐵鍬的三郎一把吧，她把頭鑽到三郎的胳膊下，支撐著架在鐵鍬上面的舊桌子。在夾雜著霉味的臭氣中，三郎嗅到了美代塗抹在臉上的雪花膏的強烈的香味兒。他要把拔出來的鐵鍬遞給美代，美代沒有接受，呆呆地仰望著他。三郎的胳膊自然而然地伸過去把美代抱住了。

那就是愛嗎？

梅雨行將過去。在像被壓迫的俘虜般的季節即將結束之時帶來的悶熱的焦躁引誘下，三郎一時衝動，打著赤腳從窗口跳進了深夜的雨中。他繞過房子的半周，叩響了美代的臥室的窗。他的習慣於黑暗的眼睛，清楚地辨認出玻璃裡明顯地浮現出了美代的睡臉。美代睜開了眼睛。她看見了正在從窗外窺視的三郎那背光的臉，和那排潔白的牙齒。平日動作緩慢的這個少女，現在卻敏捷地把臥具推到一旁，躍起身來。睡衣前襟敞開，露出了一隻乳房。這隻猶如拉滿的弓似的乳房，甚至令人聯想到是不是由於乳房的力量才把睡衣前襟敞開的。美代小心翼翼，不發出聲響地把窗戶打開。照面的三郎默默地指了指沾滿泥濘的腳。她便去拿來了抹布，讓他坐在窗框上，親自給他擦腳……

這就是愛嗎？

在這一剎那間，三郎吟味著這一系列的回憶。他覺得自己雖然需要美代，卻不是愛。他成天價地考慮的事，就是預定到地裡除草啦，做著如果再次爆發戰爭自己就志願當海軍的冒險的夢啦，空想著關於天理教各種預言的實現啦，想像著天降甘露在甘露台上的世界末日啦，回憶著愉快的小學時代馳騁於山野的情景啦，盼著吃晚餐啦等等。思考美代的瞬間，佔不了一天當中的幾百分之一的時間。就連需要美代這種事，一想起來，也變得朦朧了。它與食慾幾乎是同一格式的東西。這種同自己的欲望作憂鬱的鬥爭的經驗對這健康的年輕人是無緣的。

正是由於這個原因，三郎對這難以理解的質問，略作沈思之後，懷疑似地搖了搖頭。

「不。」

悅子懷疑起自己的耳朵來了。

她喜形於色，臉上的光彩使人覺得簡直是充滿著痛苦。三郎好歹實實在在地被那可以望及的掩映在林間疾馳而過的阪急電車所吸引，沒有望望這時悅子的表情。倘使看見，他定會驚愕於自己這句話的不可解給悅子帶來了劇烈的痛苦，就會趕緊改變話頭的。

「你說不是在愛……」悅子說著，彷彿在慢條斯理地咀嚼著自己的喜悅。

「這……你……是眞的嗎？……」悅子邊說邊費心地不斷誘導三郎再重複一遍，確實地說個「不」字，以免三郎翻改前言，「……不是在愛，倒無所謂。不過，你不妨談談自己的眞實心情嘛。你不是在愛美代對吧？」

三郎沒有留意這重複多次的話。「是在愛嗎？不是在愛嗎？」……啊！這是多麼無意義，多麼煩人啊！這種區區小事，少奶奶卻當作翻天覆地的大事掛在嘴邊。三郎深深插在褲兜裡的手，觸及了好幾片昨日祭祀節酒宴的下酒菜魷魚乾和墨魚乾。他想：「在這裡，假如嚼起魷魚乾來，少奶奶會擺出一副什麼樣的面孔呢？」悅子的鬱悶，激起他想逗樂的情緒。三郎用手指掏出一片魷魚乾，輕快地往上一拋，像調皮的小狗那樣，用嘴把它接住，天眞地說：

「是，不是在愛。」

愛管閒事的悅子即使到美代那兒傳話，說三郎不是在愛妳。美代也不會吃驚的。因爲這對直情逕行的戀人，本來就沒有交談過愛或是不愛這樣煩瑣的話。

過於長久的苦惱會使人愚蠢。由於苦惱而變得愚蠢的人，再也不能懷疑歡喜了。

悅子站在這裡盤算著一切。不覺地竟信奉了彌吉自己一派的正義。她尋思：正因爲三郎不是在愛著美代，所以就必須同美代結婚。而且，將隱藏在僞善者的假面具下，「讓非自己所愛的女子懷了孕的男人的責任，就是要同她結婚」這樣一種道德的判斷，強加給三郎，並以此作爲樂事。

「你這個人，表面上看不出是個壞蛋啊！」悅子說。「讓非自己所愛的人生孩子，你就必須同美代結婚！」

三郎猝然用敏銳而漂亮的眼神，回望了悅子一眼。爲了撞回這種視線，悅子加強了語氣。

「不許你說不願意。我們家一直是理解青年人的。這是我們的家風。但是，也不許行爲不檢點啊。你們的婚姻是老爺作的主，你就得結婚。」

三郎面對這突如其來的變化，瞠目而視。他原以爲彌吉肯定會拆散他和美代兩人的關係。不過，要結婚倒也可以。只是，他有點顧慮愛挑剔的母親會有什麼想法。

「我想同家母商量以後再定。」

「你自己有什麼想法呢？」

悅子非要說服三郎答應結婚不可，否則就不能心安理得。

「既然老爺作主，讓我娶美代，我就娶唄。」三郎說。

對他來說，結婚或不結婚都不是什麼大問題。

「這樣我也就卸下重擔了。」悅子爽朗地說。

問題就這樣非常簡單地解決了。

悅子被自己製造的幻影所蒙蔽，她陶醉在幸福的事態中，由於自己的強迫，使三郎出於無奈，只得同美代結婚。在這酩酊之中，難道就沒有類似身負戀愛創傷的女人喝悶酒的成分嗎？與其說這是醉的心情，莫如說是尋求茫然的自失；與其說是夢的心境，莫如說是尋求盲目。難道還不是故意爲尋求愚蠢的判斷而痛飲的酒嗎？這種強行的酩酊，難道不是出自爲迴避身受創傷而下意識地設計出來的故事情節嗎？

顯然，悅子對結婚這兩個字是很害怕的。她想把這種不吉利的文字處理，委於彌吉之手，讓彌吉負發出專制令之責。如同想看可怕的東西卻躲在大人背後怯生生地窺視的孩子一樣，在這點上她得依靠彌吉。

在岡町站前向右拐的路上與公路交叉的地方，他們兩人遇見了兩輛豪華大轎駛入了公路上。一輛是珍珠色，另一轎是淺藍色的四八年型的雪佛蘭。車子發出天鵝絨般柔和的音響，劃著一道曲線，從他們兩人身旁擦過。前面的車，滿載著興高采烈的青年男女。從悅子身邊疾馳而過的時候，駕駛台的收音機傳來的爵士音樂久久地飄蕩在她的耳邊。後面的車，是日本司機駕駛。微暗的車廂後座裡，坐著一對似猛禽類配偶的、金髮的、目光銳利的初戀夫婦，紋絲不動……

三郎微張著嘴，驚嘆地目送著他們。

「他們大概是回大阪去的吧。」悅子說。

於是，悅子覺得由大都會各種音響交織而成的遠方的噪音，突然乘風而來，搏擊著自己的耳朵。

她明白，即使到那邊去，也不可能有什麼意義。對悅子來說，她沒有理由像鄉下人憧憬大都會那樣嚮往它。誠然，所謂大都會總有些誘人的離奇的建築。倒不是這些奇聳的建築吸引著她。

她渴望著三郎挽著自己的胳膊。她在遐想：自己倚在他那滿是金色汗毛的胳膊上，沿著這條路走下去，直到遠遠地、遠遠的地方。於是，不知什麼時候，兩人來到了大阪，站在那錯綜複雜的大都會的正中央，不知不覺被人流簇擁而行。她察覺到這種情況的時候，好愕然地環視了四周。也許從這一瞬間起，悅子才開始過眞正的生活……

三郎會挽住自己的胳膊嗎？

這個漫不經心的青年，對這個同自己並肩而行的沈默不語的年長寡婦感到厭倦了。他哪裡會知道，她爲了讓自己看，每天早晨都精心地梳理髮髻。可自己只是出於好奇，對這梳理精巧、芬香、不可思議的髮髻一瞥了之。他做夢也沒想到，這個看上去特別冷淡的、特別驕矜的女人的內心，竟然盤旋著諸如想與自己挽胳膊之類的少女般的幻想。他抽冷子止住了腳步，然後拐向右邊。

「這就回去嗎？」

悅子抬起哀訴的眼光。那朦朧的眼色，彷彿反映著黃昏的天空，輝耀著略帶藍色的光。

「已經很晚了。」

兩人意外地來到了很遠的地方。遙遠的森林深處，杉本家的房頂在夕照中閃爍。

兩人走了三十分鐘光景才到達那裡。

……從此以後，悅子開始了眞正的痛苦。萬事俱備的眞正的痛苦。唉！人世間就有這種時運不濟的人，奮鬥終生，事業好不容易獲得成功時，竟患了不治之症而痛苦地死去。旁觀者看來，著實分辨不清他嘔心瀝血一生的努力，究竟是爲了事業的成功，還是爲了住進高級醫院的特等病房痛苦地死去？

悅子本來打算費些時日，執拗地、幸災樂禍地等待著看到美代的不幸，猶如霉菌繁衍而腐蝕著她的身軀。耐心地等待著看到沒有愛情的婚姻的結局，如同當年自己的情況一樣陷入破滅……（假如能親眼看到那種情景，哪怕耗盡自己的一生也在所不惜。假如需要，就等待到白髮蒼蒼，也心甘情願。）……她準備盯住不放，一盯到底。她不一定期望著三郎的情婦就是悅子。總之，只要能夠看到美代在悅子的眼前呈現失敗、苦悶、煩惱、疲憊、頹唐就可以了……

然而，不久這種打算明顯地落空了。

彌吉根據悅子的匯報，把三郎和美代的關係公開了。每當遇到那幫碎嘴的村裡人尋根問底時，他就公開說：他們早晚會結成夫妻的。爲了維持家中的秩序，這兩人的寢室雖然照舊隔開，但允許他們一周共寢一次。一周後，十月二十六日，三郎前去參加天理教秋季大祭祀時，將同他母親商量，一俟談妥，就由彌吉充當媒人，舉行婚禮，這一切都安排妥當了。彌吉帶著某種熱情來監辦這一切。他一反常態，浮現出前所未有的厚道老頭兒般的微笑，以有點過分通情達理的態度，寬容了三郎和美代的交情。毋庸贅言，在彌吉的這種新的態度中，總是將悅子的存在放在意識之中。

這是多麼難熬的兩周啊。悅子回想起從晚夏到秋天的無數個難以成眠的黑夜，丈夫連續外宿，使她深受痛苦的折磨，那種情景至今仍歷歷在目。白天裡，她對傳來的腳步聲悉感煩惱，準備去掛個電話，卻又躊躇不決，失去了時機。她數日不進食，喝了水就伏在床上。一天早晨，她喝了涼水，感到一陣冰涼傳遍全身，這時驟然生起服毒的念頭。一想到有毒的白色結晶體和水一起靜靜地滲透到體內的組織裡引起的快感，就陷入一種恍惚狀態中，毫無悲傷的熱淚滂沱而流了……

出現了同那時候一樣的徵兆，那就是難以名狀的寒冷的戰慄，發作起來連手背都起雞皮疙瘩。這種寒冷，不就是監獄中的寒冷嗎？這種發作，不就是囚徒的發作嗎？

如同當年良輔不在悅子深感痛苦一樣，如今她親眼看到三郎，就感到痛苦。今年春上，三郎去天理的時候，他的不在，遠比眼前看到他更能給悅子帶來親密的感情。然而，如今她的雙手被束縛，連一個指頭也不許觸摸一下，只能眼巴巴地盯視著三郎和美代縱情的親密。這是一種殘酷的、令人毛骨悚然的刑罰。她怨恨自己沒有選擇攆走三郎，勒令美代墜胎的做法。悔恨幾乎使悅子看不見自己的安身之處。沒料到不願放棄三郎的這種當然的欲望，竟變成正相反的可怕的痛苦報應……

但是，在這種悔恨中，難道就沒有悅子的自我欺騙嗎？果真是期望和「正相反」的痛苦嗎？這不正是她預期的當然的痛苦、她自己早有思想準備的、毋寧說是她祈求的痛苦嗎？

……就在剛才，希望自我的痛苦變成沒有餘蘊的東西的，不正是悅子嗎？十月十五日在岡町舉辦果市，要把優質的水果送往大阪，幸虧十三日是晴天，大倉一家也參加，杉本家的人們爲收獲柿子而忙煞了。今年的柿子勝於其他果樹，獲得了豐收。

三郎爬到樹上，美代在樹下等著更換掛在枝椏上的裝滿了柿子的籃筐。柿樹猛烈搖擺，從下面往上窺視，透過枝椏縫隙，可以望及的耀眼的碧空，彷彿也開始搖晃起來了。美代抬頭望著掩映在葉隙的三郎的腳在來回移動。

「裝滿了！」三郎說。

裝滿閃爍著亮光的柿子的籃子，碰撞著柿樹下方的枝椏，落在美代高舉的雙手上。美代無動於衷地把滿籃子柿子放在地上。她穿著碎白花紋布紮腿式勞動服，叉開雙腿，然後將倒空的籃子送到枝頭上。

「爬上來呀。」

三郎這麼一呼喚，美代立即應聲：

「好哩。」

話未落地，她已經以驚人的速度爬到樹上了。

這時候，悅子頭裹手巾，繫著挽袖帶，抱著一摞空籃子從這裡經過。她聽見了樹上的嬌聲。三郎攔阻正在爬上來的美代。豈止如此，他還跟她開玩笑，硬要把她的雙手從枝椏上掰開。美代一邊驚叫，一邊想抓住耷拉在她眼前的三郎的腳脖子……他們的眼裡，沒有映現出躲在樹叢間的悅子的姿影。

這時候，美代咬了咬三郎的手。三郎開玩笑地吵罵起來。美代一口氣爬上了比三郎所在的枝椏還高的枝椏上，佯裝要踢他的臉的樣子，三郎把手伸過去按住她的膝蓋。這動作之中，樹枝不斷地猛烈搖擺著。柿果累累、枝葉繁茂的樹梢彷彿在微風中搖曳，把微妙的顫動傳到了近鄰的樹梢……

悅子閉上眼睛，離開了那裡。一股冰也似的寒冷，爬上了她的脊背。

瑪基在狂吠。

謙輔在廚房門口把草席攤開，同大倉的妻子和淺子一起在分選柿子。他準確而迅速地找到了這樁不必走動就能完成任務的活計。

「悅子，柿子呢？」謙輔揚聲說。

悅子沒有回答。

「怎麼啦？妳的臉色非常蒼白啊！」謙輔又說了一句。

悅子沒有回答，逕直穿過廚房，走到後面去了。連她自己也沒有察覺就走到了柯樹的樹蔭下。爾後，她把空籃子扔在樹下的雜草上，蹲了下來，用雙手捂住了臉。

這天傍晚，吃晚餐的時候，彌吉停住筷子，愉快地說：

「瞧三郎和美代，簡直像兩條狗吶。美代大吵大嚷說螞蟻爬到她的背上了。雖說是在我面前，可這種場合把捉螞蟻的任務交給三郎，不是順理成章嗎？於是，三郎這小子嫌麻煩似地綳著臉站了起來。演戲般做出的這種表情，連不懂表演技巧的猴子也能做得出來。可是，他的手就是深深地探入她的脊背，他怎麼也找不著螞蟻。打一開始，究竟有沒有螞蟻都值得懷疑吶。這時候，美代這傢伙癢得前仰後合地放聲大笑，笑個不止。妳聽說過嗎？有人因爲狂笑流產了。可是，按照謙輔的說法，愛笑的母親懷孕時，由於胎兒在腹中得到充分的按摩，產婦產後體力恢復得很快。致於是這樣嗎？」

這種逸聞，同自己目睹的樹上的情景相結合，給悅子帶來猶如用針扎遍全身般的痛苦。不僅如此，她的頸部疼痛得活像套上了冰枷。這樣，悅子的精神上的痛苦，宛如泛濫的河水淹沒了田地一樣，漸漸地侵犯到她的肉體的領域來了。這就像看戲時精神上忍受不了所演的劇情而發出的危險信號。

她心想：這樣行嗎？船兒都快沈沒了。妳還不呼救嗎？由於妳過分地酷使了精神的船兒，所以人最後就喪失了自己尋求的依靠。以致到了關鍵時刻，不得不只憑藉肉體的力量跳海游泳了。那時候，擺在妳面前的就只有死亡。即使這樣也行嗎？

痛苦，照舊可以重寫成這樣的警告。她的有機體也許就置於絕境，將失去精神的支柱。她很不痛快。這種不痛快，活像巨大的玻璃球從心底裡迅速地湧上喉頭一樣。活像腦袋膨脹痛得幾乎要炸裂一樣……

她想：我絕不呼救！

不管三七二十一，爲了修築認爲自己是幸福的根據，此刻悅子需要凶暴的理論了。

悅子在思考：必須吞噬所有的一切……必須莽撞地忍耐所有的一切……必須把這種痛苦當作佳肴全部吞下……採金人不可能淨撈到砂金。再說，也不會這樣做。必須首先盲目地把河底的砂撈上來。因爲砂中也許沒有砂金，也許有。事前誰都不可能有權限選擇它有還是沒有。唯一確實的，就是不去採金的人，依然是停留在貧窮的不幸中。

悅子在進一步思考：而且，更確實的幸福，就是飲盡所有注入大海的大河的水。這樣，痛苦的極限會使人相信忍受苦楚的肉體的不滅。難道這是愚蠢的嗎？

開市前一天，大倉和三郎去市場發貨之後，彌吉把散亂的繩子、紙屑、稻草、破竹筐和落葉掃攏在一起，點燃了火。然後讓悅子看管著火堆。自己背向火堆又繼續清掃尚未掃淨的垃圾。

這天傍晚，霧變得濃重了。黃昏與霧的區分很不明顯，彷彿日暮比平時來得早。被煙熏了似的憂鬱的日落，光線漸弱，漸朦朧。在霧的灰色的吸水紙紙面上，落下了一點隱約的殘光。彌吉不知爲什麼稍稍離開悅子身旁就覺著心神不定。也許是霧的緣故，只要離開四、五米遠，她的姿影就模糊了。焚火的顏色，在霧中格外的美。悅子依然佇立著，慢條斯理地用竹耙子將散亂在火堆周圍的稻草耙攏過來。火向她手下獻媚似地熾烈燃燒了起來……

彌吉在悅子的周圍隨便畫了圓圈，將垃圾掃攏在悅子的旁邊。爾後又畫著圓圈遠去了。每次走近悅子時，他都暗自偷看悅子的側臉。悅子把機械地操作竹把子的手停了下來。雖然她並不覺得怎麼冷，可她卻將手放在破籃子時不時地發出響聲燃燒著的、格外高的火焰上烘烤。

「悅子！」

彌吉扔下掃帚，跑了過來，把她從火堆邊上拉開。

原來悅子借著火焰在烤她手掌的皮膚。

——這次燒傷非上次中指燒傷輕度所能比。她的右手已不堪使用。掌上柔嫩的皮膚整個燒起了泡。這隻塗了油裹上幾層繃帶的手，終夜疼痛，奪走了悅子的睡眠。

彌吉帶著恐懼的心情，回想起那一瞬間的悅子的姿影。她無所畏懼地凝望著火，無所畏懼地將手伸向火，她的這種平靜是從哪兒來的呢？這種頑固的雕塑般的平靜，這種委身於種種感情困惑的這個女人一剎那間從所有困惑中獲得自由的、近乎傲慢的平靜，是從哪兒來的呢？

倘使任悅子那樣下去，也許不至於燒傷吧。彌吉的呼聲，把她從靈魂的假寐僅有的可能的平衡中喚醒，那時候或許才會使她的手掌被火燒傷的吧。

望著悅子手上的繃帶，彌吉有點膽怯了。他感到彷彿是自己受傷了似的。悅子這個女人，絕不能說是輕率的，她平時沈著得令人感到有點毛骨悚然。她的受傷，絕非尋常。先前她的中指上纏了小繃帶，彌吉詢問時，她微笑著說是火燒傷的。不致於是她自己烤傷的吧。剛拆那小繃帶不久，接著這大繃帶又把她的手掌給纏上了。

彌吉年輕時代發明並洋洋自得地向朋友們披露的一家之言，就是所謂女人身體的健康是由許多病痛組成的。正像彌吉的一個朋友，同一個據說患原因不明的胃病的女人結了婚，婚後不久，妻子的胃病居然痊癒了。剛放下心來，就進入厭倦期，他又爲她開始頻發的偏頭痛所苦惱。他偶爾產生惡念，開始見異思遷，妻子覺察到這種情況，她的偏頭痛反而完全好了。可接著而來的，是未婚時代的胃病復發，一年後診斷爲胃癌，很快就故去了。女人的病，究竟哪些是眞哪些是假，實在無法判斷。剛以爲是假病，卻突然生孩子，突然與世長辭。

「再說，女人這種粗心是有難言之隱。」彌吉尋思，「年輕時代的朋友中，有個名叫幸島的，是個見異思遷的傢伙。他的妻子從他移情別戀的時候起就很粗心，每天都摔破一個碟子。這是純然的粗心。據說妻子壓根兒就不知道丈夫有外遇。每天她對自己的手這種並非出於本意的失態，都單純地感到驚愕。聯想起『碟子宅第』②中那個名叫阿菊的傢伙也是因爲粗心，把碟子摔破了。眞有意思。」

一天清晨，彌吉前所未有地用竹掃帚打掃起庭院來。他的手指被刺扎著了。他置之不理，以致有點化膿。不覺間膿又消失，手指痊癒了。彌吉討厭藥，沒有塗藥。

白天彌吉從旁看見悅子苦悶的樣子，晚上感到身邊的她難以成眠，他夜間的愛撫就愈發纏綿了。的確，關於悅子妒嫉三郎，彌吉既妒嫉三郎，同時也妒嫉悅子毫無價值的單思。儘管如此，他對能給自己以某種刺激的妒嫉心，也多少感到一點意外的幸福。

彌吉故意誇大，散布三郎和美代的流言，藉以暗中折磨悅子，這時他感受到某種奇妙的親愛之情，也可以說是反論式的「友愛」吧。他所以緘口不言，是因爲他懼怕這種遊戲過頭，會失去悅子的。近日來，對於彌吉來說，她是他的不可缺少的人，她彷彿成了他的某種罪過或惡習似的不可或缺的東西。

悅子是美麗的疥癬。以彌吉的年齡來說爲了產生癢感，疥癬也就成爲一種必需品了。

彌吉爲體貼體貼她，便控制有關三郎和美代的流言的傳播。悅子反而愈發不安了，她懷疑是否發生了什麼不讓她知道的事態。難道還可能存在什麼比這嚴重、更惡劣的事態嗎？這種疑問，是不知道什麼叫妒嫉的人的疑問。在妒嫉的熱情不爲事實上的證據所牽動的這點上，毋寧說這是近於理想主義者的熱情。

……相隔一周，今天燒了洗澡水，彌吉首先入浴。若按往常，他總是同悅子一起入澡塘的。可悅子今天有點感冒，不洗澡了，所以彌吉便獨自入浴。

恰逢此時，杉本家的女人全部集中廚房裡。悅子、千惠子、淺子、美代，加上信子，全都來洗涮自己的餐具。悅子感冒，脖頸上圍了一條白絹圍巾。

淺子難得談起沒有從西伯利亞回來的丈夫的事。

「要說信嘛，八月間來過一封吧。他這個人本來就懶於執筆，眞沒法子啊。不過，我想哪怕一星期寄來一封也好。雖說夫妻間的愛情用語言和文字是表達不盡的，但好歹有股怕麻煩勁兒，連用語言和文字也不願表現出來，我認爲這就是日本男人的缺點。」

千惠子想像著若這話讓祐輔——他此刻或許正在零下幾十度的凍土地帶挖掘——聽見……就覺得可笑了。

「瞧妳說的，就算一星期寫一封，也不可能都給妳送到的呀。說不定祐輔都寫了呢？」

「是嗎。那麼，那些沒有送到的信都到哪兒去呢？」

「大概是配給蘇聯寡婦了吧。準是。」

開過這樣的玩笑之後，千惠子察覺到這多少是對悅子有點礙事的玩笑。多虧信以爲眞的淺子提出了愚蠢的反問，這才圓了場。

「是嗎。可是用日文寫的信，她們是看不懂的呀！」

千惠子當耳邊風，她在幫助悅子洗涮食具。

「會把繃帶弄濕的呀。我替妳洗。」

「謝謝。」

其實，要悅子離開洗碟洗碗這種機械式的操作，反而會使她感到難受。成爲機械式的，是她近日來幾乎所有肉感的欲望，是她的一種樂趣。她甚至想等手傷痊癒，就用公認的、令人驚愕的速度，把彌吉和自己的拆洗漿好的秋夾衣縫製好。她覺得自己的針線活是能以超人的速度操作的。

廚房裡燃點著一盞昏暗的二十瓦的無燈罩電燈，順著煙熏黑了的天花板橫上樑吊下來。婦女們必須面對著有手影的水池子洗涮食具。悅子憑倚在窗際直勾勾地盯視著正在洗涮飯鍋的美代的背影。在那粗糙的褪了色的軟棉布腰帶下，腰間肌肉灰暗暗地隆起來，不是像馬上要下蛋的樣子嗎？這個健康的姑娘，一次也不曾發生過妊娠的反應。夏季裡，美代身穿寬鬆筒式短袖夏服，可她連剃腋毛都不懂。流大汗的時候，她在人前就將毛巾伸進腋下揩拭……這腰身像果實般成熟的狀況，過去悅子也曾有過的這種彈簧般的曲線條，這種沈甸甸的像裝滿水的花瓶般的重量感……這一切都是三郎造成的。是這年輕的園丁精心播種、細心栽培的東西。這女人的乳房同三郎的胸脯汗津津的貼在一起，分不開了，就像被清晨的露珠濡濕了的卷丹花瓣與花瓣靜靜地緊貼在一起不分離一樣。

忽然間，悅子聽見彌吉在洗澡間說話的聲音。洗澡間緊挨著廚房。三郎在屋外負責燒洗澡水。原來是彌吉在與三郎攀談。

令人討厭的沸沸揚揚的澡水聲，聽起來反而讓人感受到彌吉那瘦骨嶙峋的衰老肉體的存在。他那窪陷的鎖骨處蓄著熱水流不下來。

天花板上回響著彌吉乾涸的聲音，衝擊著三郎。

「三郎，三郎！」

「是，老爺。」

「要節約柴禾啊！從今天起，美代也和你一起入浴吧，早點出來。分開入浴太費時間，少說也得添加一兩根柴吶！」

彌吉浴罷，輪到謙輔夫婦，然後是淺子和兩個孩子。悅子抽冷子說出她也要入浴，使彌吉驚愕不已。

悅子把身子泡在浴池裡，用腳趾尖探了探澡池的栓塞。後邊只剩下三郎和美代入浴了。悅子泡在熱水裡，直泡至臉頰周圍，她伸出那隻沒有纏繃帶的胳膊，把澡池的塞子拔掉了。

這種行動沒有深奧的道理，也沒有目的。

她想：我就是不許三郎和美代一起入浴。

正是這一判斷，促使悅子不顧感冒而入浴，並將澡池的塞子拔掉。

講究浴室的陳設是彌吉唯一的樂趣。他的浴室裡備有扁柏木製方形浴池和扁柏帘子，面積四鋪席寬。浴池又寬又淺。拔掉塞子，放走池水，聽見流水發出小海螺似的鳴聲，悅子露出連自己也覺意外的幼稚的滿足的微笑，窺視著骯髒得黑乎乎的熱水的水底，心想：

我到底在幹什麼啊！這樣惡作劇有什麼意思呢？不過，孩子們的惡作劇究其原因，自有其正確的道理。因爲在孩子們的世界裡，要把漠不關心的大人們的注意力吸引到自己的身上來，唯一的計策就是惡作劇。孩子們感到自己被拋棄了。孩子們和單相思的婦女們是棲宿在同樣被拋棄的世界裡的啊！這樣的居民才缺乏同情心，才變得殘酷的啊！

熱水的表層漂著微小的木屑、脫落的毛髮和雲母般的肥皀油，緩緩地畫著圓圈浮動著。悅子裸露著肩膀，把胳膊橫放在浴池邊緣上，然後把臉頰緊貼在上面。不大工夫，肩膀和胳膊就不沾水了。適度的澡水泡暖和了肌膚，在昏暗的無罩電燈下，放射出帶著光滑的疲憊的光澤。悅子從臉頰感觸到兩隻光潤的胳膊的彈力，感受到莫大的浪費、屈辱和徒勞。她自語道：浪費、浪費、浪費啊！這溫馨的肌膚裡充滿著的青春的活動，過剩的活力，簡直就像觀看失明的愚蠢的生物一樣，使她感到惱火。

悅子將頭髮攏起，盤繞起來，用梳子固定。天花板上的水珠偶爾滴落在她的頭髮和脖頸上，但是，她把臉伏在胳膊上，無意躲閃這涼颼颼的水滴。有時，水滴滴落在她伸出浴池外的纏著繃帶的手上，水滴便暢快地滲透進去。

熱水緩慢地、極其緩慢地流出了排水口。觸及悅子肌膚的空氣和熱水的邊界，彷彿舔著悅子的肌膚使她發癢似的，從她的肩膀到乳房，從乳房到腹下一點點地流了下去。恍如一番纖細的愛撫之後，一陣緊緊束縛住似的肌寒裹住她的身軀。這時，她的脊背猶如冰一般。熱水稍微加速旋轉，從她的腰部周圍漸漸地退了下去……

她想：這就是所謂的死亡，就是死啊！

——悅子不由地想呼救，她驚愕地從浴池裡站起身來。她這才覺察到赤身裸體的自己剛才就蹲在放空了水的浴池裡。

悅子返回彌吉的房間，在走廊上與美代照面，她爽朗地揶揄似地說：

「喲，我忘了，還有你們等著入浴吶。我把洗澡水都放了。對不起。」

美代不明白悅子這番猝然脫口而出的話的含意。她呆立不動，也沒有回答，只顧注視著那兩片簡直毫無血色的顫動著的嘴唇。

這天晚上，悅子發燒，臥床兩三天。第三天體溫幾近正常溫度了。所說的第三天，就是十月二十四日。

癒後疲乏貪睡，午睡一覺醒來，已是深更半夜。身旁的彌吉正在打鼾。

掛鐘敲響十一點的一種不安的寬鬆氛圍、瑪基的遠吠、這個被拋棄的夜晚的無限重複……悅子受到非同尋常的恐怖的襲擊，把彌吉叫醒了。彌吉從臥具中抬起穿著大方格花紋睡衣的肩膀，笨拙地握住悅子伸出來的手，單純地嘆了口氣。

「請別鬆開手！」悅子說。

她依然凝視著天花板上隱約可見的奇異的木紋，沒有瞧一眼彌吉的臉。彌吉也沒有瞧悅子的臉。

「唔。」

爾後，彌吉喉嚨裡有痰，清了清嗓子，沈默良久。他用一隻手拿起了枕邊的紙，把嘴裡的痰吐在上面扔掉了。

「今夜美代在三郎房間歇宿吧。」片刻，悅子說道。

「……不。」

「你瞞我，我也知道。他們在幹什麼，我不看也會明白的。」

「明兒早晨三郎要去天理。因爲後天是大祭祀……出門前一天晚上，發生那種事也是沒法子的啊。」

悅子鬆開了手，蒙上薄棉睡衣，欷歔不已。

彌吉困惑於自己被置在不透明的位置上。爲什麼不憤怒呢？喪失這種憤怒，是怎麼回事呢？這女人的不幸，爲什麼竟如此地讓彌吉抱有如同同案犯似的親密感呢？這又是怎麼回事呢？……他佯裝睡眼惺忪的樣子，用沙啞而溫存的聲音對悅子說。在企圖用這個夢的故事來欺騙女人之前，彌吉早已欺騙了自己這種不能指望解決任何問題、宛如曖昧的海參般的判斷。

「妳好歹住在這種寂寞的農村，心情浮煩，盡是想入非非了。老早就跟妳約好，這回良輔周年忌辰，一起到東京掃墓去。我已托神阪君將近畿鐵道公司的股份賣掉，這回賣掉了一些，如果想闊氣闊氣，也可以乘二等車去。不過，還是節約點旅費，把錢花在逛遊東京好。也可以去觀賞一番久沒看過的戲。只要去東京，就不缺享樂的地方……但是，我還有比這更高的理想。我想，從米殿遷到東京也未嘗不可，甚至還想恢復原職呢。老朋友有兩三個在東京已經重返工作崗位了。像宮原那樣不通情達理的人另當別論，大家都是可以信賴的嘛。如果去東京，我就找兩三個那樣的老朋友拭探一下……下這樣的決心並非易事。不過，我所以作這樣的考慮，全都是爲了妳。都是爲了妳好。妳幸福，也就是我的幸福。我在這農場生活本來說心滿意足了。可是，自從妳來後，我的心情多少像年輕人那樣，開始不安穩了。」

「什麼時候動身？」

「乘三十日的特別快車怎麼樣？就是平時乘的『和平號』啊。我同大阪站站長有交情，這兩三天我去大阪托他買票吧。」

悅子希望從彌吉的嘴裡探聽的不是這件事。她考慮的是另一樁事情。這種莫大的隔閡，讓差點跪在彌吉跟前、依賴彌吉幫助的悅子的心冷卻了。她後悔自己剛才把熱乎乎的手掌伸向彌吉。這手掌解開了綳帶後，依然疼痛，就像灰燼乾冒煙似的

「去東京之前，我有件事求你。希望你在三郎去天理不在期間，把美代給辭掉！」

「這有點不講理囉。」

彌吉並不驚訝。病人在嚴冬時節想看牽牛花，誰會愕然呢？

「辭掉美代，妳打算幹什麼呢？」

「我只覺得由於美代的緣故，我害了這場病，才這麼痛苦，太不值得。有哪戶人家會把害得主人生病的女傭仍繼續留在家裡呢？這樣下去，也許我會被美代折磨死的。不辭掉美代的話，就等於爸爸要間接把我殺掉囉。要麼是美代，要麼是我，總得有一個人離開這裡。如果你願意讓我離開，我明兒就到大阪去找工作。」

「妳把問題說得太嚴重了。美代沒有過錯，硬將她攆走，輿論也不會答應啊。」

「那麼，好吧，我走。我也不願意再待在這裡了。」

「所以我說，讓我們遷到東京去嘛。」

「同爸爸一起去嗎？」

這句話本來不含任何意義的色調，但在彌吉聽起來，它卻反而使下面的話頭具有一種可以促使他不安的想像的力量。這身穿方格花紋睡衣的老人，爲了不讓悅子繼續說下去，便從自己的睡鋪慢慢膝行至悅子那邊去。

悅子把薄棉睡衣披在身上，不讓彌吉靠近。她毫不動搖的雙眸，直勾勾地盯視著彌吉的眼睛。面對她一言不發，面對她那沒有厭惡、沒有怨恨、也沒有傾訴愛的滾圓的雙眸，彌吉有點畏縮了。

「不願意，不願意！」悅子用低沈而沒有感情的聲音說。「直到解雇美代爲止，我都不願意！」

悅子在什麼地方學到這種拒絕的呢？生這場病之前，通常她一感到彌吉向她膝行過來時就立即閉上眼睛。所有的一切都是在閉上雙眼的悅子的周圍、在她的肉體的周圍進行的。對悅子來說，所謂外界發生的事，也包含著在自己的肉體上進行的事。悅子的外部是從哪兒開始的呢？懂得這種微妙操作的女人的內部，最終會包含著一種宛如被禁閉、被窒息的爆炸物似的潛在力量。

緣此，悅子看見彌吉的這副狼狽相，感到格外的滑稽。

「對於任性的姑娘，簡直令人傷腦筋，眞沒法子啊。妳愛怎麼著就怎麼著吧。妳想趁三郎不在家，把美代攆走就攆走好囉。不過……」

「三郎嗎？」

「三郎也不會溫順地就此罷休的吧。」

「三郎會走的呀！」悅子明確地說。「他一定會隨美代之後走的呀！他們兩人在相愛……我就是想在沒有人的命令下讓三郎主動離開，才想到解雇美代的。對我來說，最好的狀況還是三郎離開這裡。可是，我怎麼也難以說出口，太難堪了。」

「我們最終取得一致的意見了。」彌吉說。

這時，通過岡町站的末班特別快車的汽笛聲劃破了夜靜的氣氛。

按謙輔所說，悅子的燒傷和感冒，是類似逃避兵的性質，論逃避徵兵役，我是老前輩，我說的一定沒錯。他笑著如是說。就這樣，悅子得以免除勞動，再加上不能讓妊娠四個月的美代幹重活兒，杉本家僅有二反③的地，從割稻、刨薯、除草乃至收穫水果等重擔，今年自然而然都落在謙輔的肩上。他依然是一個勁兒地嘟囔，不服氣，一邊懶洋洋地幹活兒。土地改革前，這塊包袱皮般大小的、本是瞞稅的黑地，如今也被迫一般分攤繳納糧食了。

三郎把平時的天理之行往後推遲，認眞拚命地勞動。收水果的工作大致上結束了。收穫期間，還賣力刨薯、秋耕和除草。在秋日晴朗的天空下勞動，他曬得黝黑，看上去比實際年齡早熟，是個身健力壯的青年。他的理平頭的頭部，有著小公牛的頭那樣的充實感。他收到過一封來自不太熟悉的農村姑娘的情書，使他越想越苦惱。他笑著將情書念給了美代聽。再收到另一姑娘的情書時，他就沒有告訴美代了。這樣做，倒不是想有所隱瞞，不是去相會，也不是回信了。而是天生寡言的秉性，使他這時沈默不語。

但是，對三郎來說，好歹這是新鮮的經驗。對悅子來說，要是她洞察到三郎知道自己被人所愛，那理應成爲其重要的契機。三郎漠然地思考著有關自己給予外部的影響。過去，對他來說，外部不是一面鏡子，而是可以自由馳騁的空間，僅此而已。

這新鮮的經驗，同秋陽曬黑了他的額頭和臉頰相輔相成，給他的態度帶來了前所未見的微妙的青春的驕傲。由於愛情的敏感，美代也察覺到了這種變化。但是，她卻把它解釋爲這是三郎對自己採取的不愧爲丈夫的態度。

十月二十五日早晨，三郎身穿彌吉送的舊西服和草黃褲子，腳蹬悅子送的襪子和運動鞋，一派盛裝打扮，啓程了。他的旅行包是走讀生用的粗糙的帆布挎包。

「去跟令堂商量結婚的事吧。把令堂帶來，讓她看看美代。我們可以讓她留宿兩三天。」悅子說。

這是常理的事，悅子爲什麼要這樣叮囑呢？她自己也不知道。難道是爲了把自己逼到進退維谷的境地，需要這樣的措詞？還是考慮到被帶來的三郎的母親看不到最關鍵的兒媳婦而感到茫然，發生可怕的事態，才試圖打消自己的原意？

悅子將前去彌吉房間告別的三郎攔在走廊上，快嘴地只說了這麼幾句話。

「是。謝謝。」

三郎即將上路，十分興奮，有點沈不住氣，在目光的閃爍中表現出一種誇張了的感謝。他一反常態，一本正經地凝望著悅子的臉。悅子祈盼著他握手，祈盼著他壯實的胳膊的擁抱。她情不自禁，想把燒傷剛癒的右手伸過去。然而，又顧慮傷痕的感觸會給他的手掌留下不快的記憶，也就控制住了。瞬間不知所措的三郎，再次留下了快活的含笑的眨眼，轉身便急匆匆地離開了走廊。

「那背包很輕吧。簡直像去上學啊！」悅子在他背後說了這麼一句。

美代獨自把三郎一直送到橋那邊的入口處。這是權利。悅子清清楚楚地目送著這個權利。

三郎來到石板路下坡的台階上，再次回頭向走到庭院的彌吉和悅子行了舉手禮。三郎的背影已經掩映在開始著上顏色的楓林裡，但他微笑露出的牙齒依然鮮明地印在悅子的腦海裡。

是美代打掃室內衛生的時刻了。約莫過了五分鐘，她才無精打采地從鋪滿透過樹葉間隙篩落下來的陽光的石階登了上來。

「三郎走了吧。」悅子問了一句毫無意義的話。

「是，走了。」美代也回答了一句毫無意義的話。她露出一副簡直不知是喜還是悲的無動於衷的表情。

目送三郎的時候，悅子心中掀起了一股帶柔情的動搖和反省的情緒。痛切的內疚、罪過的思緒充滿了體內。她甚至考慮是否撤銷解雇美代的計畫。

然而，悅子一看見折回來的美代那副早已沈下心來同三郎度日的極其安心的神色，就不禁火冒三丈。於是，她又輕易地回到了最初的堅決的信念上來，絕對不該撤銷自己的計畫。

① 一合約等於十分之一升。

②原文作「皿屋敷」，傳説一個名叫菊的女子，不愼把主家的祕藏碟子摔破了，受到懲罰，貶爲庶民，死後其幽靈每天都悲傷地數碟子。

③土地面積單位，一反約等於九百九十二平方米。

第五章

「三郎回來啦！剛才我在二樓看見他從府營住宅那邊抄田間近路走回來吶。眞奇怪，只有他一人。看不見他母親的身影。」

千惠子急忙前來向正在做飯的悅子及時反映了這種情況，是在天理大祭祀翌日，即二十七日的傍晚時分。

悅子將鐵篦子架在炭爐上烤秋青花魚。聽了這番話，她就將放上魚的鐵篦子置在旁邊的板上，爾後在火上坐了鐵壺。這種沈靜的動作，有點誇張，似乎要使自己的感情合乎規範。然後，她站起身來，催促著千惠子和她一起上二樓去。

兩個女人急匆匆地登上了樓梯。

「三郎這小子簡直叫人不得安寧啊！」謙輔說。他正在躺著讀阿納托爾・法朗士的小說。不一會兒，他又受到悅子和千惠子的熱心的引誘，走到窗邊同這兩個女人並排地站著。

府營住宅兩側的森林儘頭，夕陽已經半隱半沒。蒼穹的晚霞，嫣紅似爐火。

地裡已經基本收割完畢，從田間小路邁著穩健步伐走過來的人影，的確是三郎。有什麼不可思議的呢?他按照預定的日子、預定的時間回來了嘛。

他的影子伸向斜斜的前方。挎包晃盪，幾乎從他的肩上滑落下來，他像中學生似地用一隻手將它按住。他沒有戴帽。也沒有不安和畏懼，踏著儘管悠閒卻不遲緩的堅定的腳步走了過來。倘使逕直走去，就會走到公路上了。他向左拐，走上了田間小路。這回他從成排的稻架旁行走，得留心腳下，小心翼翼地走了。

悅子聽見了自己心臟的劇烈跳動。這種跳動既不是因爲喜悅，也不是因爲恐懼。自己等待的，究竟是禍是福，她本人也分辨不清。總之，她等待著的東西終於來了。該來的東西來了。她心潮澎湃，連該說的話也難以啓齒。好不容易才對千惠子說：

「怎麼辦呢?我，不知道怎麼做才好啊。」

若是在一個月以前從悅子的嘴裡聽到這番拿不定主意的話，謙輔和千惠子就不知會怎樣的驚愕啊。悅子變了。女強人失去了膂力。現在悅子希望的，就是回來的三郎什麼也不曉得而向自己投以最後的溫柔的微笑，和知道了他應該知道的事而向自己報以頭一次的最嚴厲的斥責。這幾天夜裡，這種種夢幻不知多少回輪流交替著使悅子感到苦惱!隨之而來的，便是她早已估計到的既成事實。三郎可能會譴責悅子，並尾隨美代離開這個家吧。明兒這個時刻，悅子大概再見不著三郎了吧。不!毋寧說，能夠這樣從二樓的欄杆邊上隨便遠望著他的，恐怕此時此刻是最後一次了吧……

「眞奇怪。妳要振作起精神來啊！」千惠子說。「只要有解雇美代時的那種勇氣，就絕沒有什麼事情辦不成的。眞的，我們對妳有了新的認識哩。我眞佩服妳啊！」

千惠子像對待妹妹似的，緊緊地摟著悅子的肩膀。

對悅子來說，解雇美代的這種行爲，是她對自己的痛苦的第一次修正。這是讓步，甚至可以說是屈服。然而，在謙輔夫婦看來，這卻是悅子採取的第一個攻勢。

千惠子打心眼裡這樣想：讓一個妊娠四個月的女人，背著行囊被攆出家門，可是樁大事啊！

美代的哭聲、悅子的嚴厲態度，以及一直把美代送到車站後硬逼著她乘上電車的悅子的冷靜而透徹的目光，還有昨天親眼目睹的這一戲劇性事件，使他們夫婦甚感興奮。他們從沒想過在米殿會看到如此值得看的東西。美代背著用條帶捆綁的行囊從石階走了下去，悅子像警官似的尾隨其後。

彌吉悶悶不樂地閉鎖在自己的房間裡，連瞧也沒瞧前來辭行的美代一眼，只說了聲：長期以來辛苦妳了。淺子不知發生了什麼事，嚇得魂不附體，轉來轉去。謙輔夫婦從沒聽到過任何的說明，卻能理解這件事的意義，這是值得自鳴得意的。他們在自己能夠理解不道德和罪惡感這點上，自負自己也可能是不道德的。不過，這是類似新聞記者自命社會先導的一種衝動。

「妳把事情辦到這一步，難爲妳了。剩下的，我們會協助妳。請別客氣，只管吩咐好囉。我們會盡力而爲的。」

「爲了悅子，我會眞心實意地幹的。事到如今，對公公也用不著客氣啦！」

夫婦倆在窗邊將悅子夾在當中爭著這樣說道。悅子站著用雙手攏了攏鬢髮，然後走到千惠子的化妝台前。

「讓我用一下妳的科隆牌香水好嗎？」

「請用吧。」

悅子拿起一個綠色小瓶，將滴在掌心上的幾滴香水，神經質地往雙鬢角上抹了抹。化妝鏡上垂著褪了色的印有山水花鳥圖的友禪綢帘子。她並不想把它掀開。因爲她害怕看見自己的臉。這張過一會兒會見三郎的臉，變得不安起來，她便將鏡帘子斜斜地撩起一角。她覺得自己抹的口紅似乎太濃，就用帶花邊的小手絹將口紅揩掉了。

比起感情的記憶來，行動的記憶更是沒有留下痕跡。她到底無法相信昨天絲毫無動於衷地聽著美代因遭無理解雇的哭訴的悅子，推搡著送走那背著沈重包袱的可憐的孕婦的悅子，同現在的自己竟是同一個女人。她沒有產生後悔，也沒有產生「幹嘛要後悔」這種緊張感情的堅韌的抗拒，而且她發現自己的身姿無可奈何地坐在過去的懊惱的紐帶上，坐在那任何事情都難以打動的腐敗了的感情的堆積上。毋寧說，重新告訴別人自己的懦弱無力的人，難道不就是被稱爲有罪的人嗎？

謙輔夫婦沒有放過這個協助的機會。

「現在三郎如果憎恨悅子，一切都會成爲泡影。公公如果替妳承擔責任，說明解雇美代是他所爲，這是最好的辦法，可是公公恐怕沒有那麼大的度量吧。」

「公公說了，他什麼也不對三郎說，只是不承擔一切責任。」

「公公這樣說是理所當然的。總之，就交給我來辦吧。不會叫妳爲難的。也可以說美代接到父母急病的電報就回老家去了。」

悅子清醒過來了。她並不把眼前的這兩個人看作是幫助出主意的人，而把他們看成是不誠實的嚮導，企圖將自己領到一個敷衍了事的迷霧領域中去。悅子是不應該再次進入這種迷霧中。這樣一來，昨天那種果敢的決斷也徒勞了吧。

就算悅子解雇美代的這種行爲無非是對三郎懇切的愛的表白，但到底還是爲了悅子自己，爲了悅子自己要活下去，不得不採取的行動，這正是自己的本分。悅子倒願意這樣來考慮問題。

「我必須明確地告訴三郎，解雇美代的就是我。我還是要對三郎說，妳不幫助我也沒關係，我一個人也是要幹下去的。」

在謙輔夫婦看來，悅子這種冷靜的結論，只能認爲是她自暴自棄的困惑所促使，最終道出的謬論。

「請再冷靜考慮一下。如果這樣做，一切都將成爲泡影了。」

「正如千惠子所說的，這是下策。這事妳就交給我們辦吧。絕對不會對妳不利的。」

悅子露出了莫名的微笑，微微歪了歪嘴角。她想：除非觸怒他們兩人，把他們劃歸敵方，否則無法排除這個對自己的行爲幫倒忙的障礙。她把手繞到腰帶後面重新繫好，像疲憊的大鳥懶洋洋地做飛前整翅動作似的站起身來。剛邁下樓梯就說：

「眞的，你們不用幫忙了。這樣，我反而輕鬆些。」

她這一招使謙輔夫婦愣住了。他們十分惱火，像趕到火場去幫忙的男人被整理現場的警官制止時的憤怒一樣。在失火這樣一種秩序中，本來只有對抗火的水才是最重要的，可他們卻是屬端著滿滿一洗臉盆溫水跑過來的人種。

「那種人可以把別人的親切視而不見，令人羨慕啊。」千惠子說。

「這且不說，可三郎的母親沒有來，又是什麼原因呢？」

謙輔這樣說，察覺到自己的疏忽，自己受到了僅僅因爲三郎回來這一事實而亂了方寸的悅子的影響，竟沒有把這個發現提到話題上來。

「別再管這種事了。今後也絕不會幫悅子的忙，這樣我們還樂得輕鬆吶。」

「我們從此可以安心，袖手旁觀囉。」

謙輔吐露了眞言。與此同時，他悲傷自己喪失了依據，即自己對悲慘的事情所顯示的高尚情操能夠得到人道上的滿足的依據。

悅子下了樓，落坐在炭爐邊上。她在爐火上取下了鐵壺，又將鐵箆子架在上面，廊沿上放著一塊彌吉備好的向外伸出的板，放在這上面的炭爐是供彌吉和悅子燒菜做飯用的。美代不在，從今天起燒飯的事就由大家輪流擔任了。今天是輪到淺子。淺子下廚，信子替代她唱童謠哄夏雄。那瘋狂般的笑聲，響徹了早已籠罩著薄霧的每一個房間。

「什麼事啊！」

彌吉從房間裡出來，蹲在炭爐邊上。他心胸狹窄，拿起長筷子將青花魚翻了個個。

「三郎回來啦。」

「已經回來了嗎？」

「不，還沒回到呢。」

離廊沿四、五尺的遠處，是一道茶樹籬笆。夕陽殘照在籬笆的茶葉尖上彷彿黏住似的，凝聚著它的餘輝。還有尚未綻開的堅實的蓓蕾，點綴著無計其數的同樣形狀的小影子。只有在粗粗修剪過的籬笆上高高探出來的一兩株小枝椏，從下面承受著陽光，顯得更加悠然，放射出了異彩。

三郎吹著口哨，從石階上登了上來。

悅子回憶起：有一回，與彌吉對弈時，沒敢回頭望一眼三郎就寢前前來道晚安的那股子難過的樣子。悅子垂下了眼帘。

「我回來了。」

三郎從籬笆上露出了上半身，招呼了一聲。他敞開襯衫的前襟，露出了淺黑色的咽喉。悅子的視線和他的單純而年輕的笑臉碰在一起了。一想到以後再不會見到他這副無拘無束的笑臉時，就會在這種注視中伴隨而來一種樂觀的可憐的努力。

「啊！」

彌吉心不在焉地應了一聲，然後點了點頭。他沒有瞧三郎，卻光望著悅子。火苗偶爾燒著青花魚的油，騰起了一道火焰。悅子紋絲不動，彌吉連忙把它吹滅了。彌吉心想：怎麼回事？全家人都察覺到悅子的戀情而難以處理的時候，唯有當事人——這個年輕的小伙子卻竟然沒有發現。

彌吉有點不耐煩地又將再度燃起的魚油的火焰吹滅了。

說到悅子，她認識到剛才就在謙輔夫婦面前的那種誇口自己要親自對三郎坦露眞言的瘋狂般的勇氣，其實只不過是一種空想的勇氣罷了。既然已經看到了他這副純潔的明朗的笑臉，她又怎能有這種令人作嘔的勇氣呢？然而，事到如今，再也找不到可以幫助她的人了。

……儘管如此，也許在悅子所誇口的這種勇氣中，交織著一種狡猾的欲望呢！那就是這種勇氣從一開始就包含著預料到它會受到挫折，在還沒有任何人將不祥的事傳到三郎耳朶裡之前的這段安穩的時間，至少是在悅子和三郎同在一個屋頂下彼此不互相憎恨地在一起的時間，爭取哪怕延長一分一秒，也希望盡可能把它延長啊！難道不是嗎？

過了片刻，彌吉開口說道：

「奇怪啊。那小伙子並沒有把她的母親帶來嘛。」

她。

「眞是的。」

悅子佯裝詫異，彷彿自己才曉得似的，附和了一句。一種異樣的喜悅的不安在驅使著她。

「不妨問問，他的母親會不會隨後就來，好嗎？」

「算了。這樣一來，就必然觸及美代的事。」

彌吉用宛如老年性鬆弛的皮膚一般的奚落口吻這樣攔阻了她。

此後的這兩天裡，悅子的四周處在奇妙的平穩狀態。這兩天裡，病情的好轉有點令人啼笑皆非，恍如絕望的病人呈現出難以說明的迴光反照的狀態，使看護的人愁眉舒展，再次徒勞地朝向一度絕望了的希望。

發生什麼事了？現在發生的事是幸福嗎？

悅子帶著瑪基外出作長時間的散步。還相送彌吉去梅田車站托人代購快車票，牽著拴在瑪基身上的鏈條一直走到了岡町站。這是二十九日下午的事。

兩三天前，她剛掛著一副可怕的面孔送走了美代，如今她在同一個停車場上，憑倚在新塗了白漆的欄柵上，同彌吉站著談了一會兒。今天彌吉難得刮了鬍子，穿著一身西裝，而且拄著一根斜紋木手杖。他放過了好幾趟開往梅田的電車。

因爲彌吉目睹悅子這副與平日不同的幸福似的模樣，深感不安。狗兒忙著在附近嗅個不停。她踮起木屐尖，不時打趔趄，一邊在叱責瑪基。不然就用看似有點濕潤的眼睛，和成爲習慣似的舒暢微笑，駐足在車站前的書店和肉鋪門前，什麼也不買，只顧凝望著開始流動的熙來攘往的人群。書店裡飄揚著紅旗和黃旗，是兒童雜誌的廣告旗子。這是一個風兒變得有點兇猛的常常陰天的下午。

彌吉心想：瞧悅子這副幸福的樣子，大概是同三郎談妥了什麼問題吧。她今天不一起到大阪，可能是這個緣故吧。如果這樣，她爲什麼對從明日起同行作長時間旅行不表示異議呢？

彌吉的看法是錯誤的。表面上悅子那副模樣似是幸福，其實只不過是她再三考慮，厭煩了而陷入混沌之前的一種束手無策的沈靜罷了。

昨日整天，三郎帶著若無其事的表情，時而割草，時而下地打發過去了。看起來沒有什麼心神不寧的樣子。悅子從他面前經過時，他脫下麥稭草帽，向她打了招呼。今早也是如此。

這年輕人本來就寡言，除非是接受主人的命令或回答主人的質問，否則他是絕對不主動開口。就是終日沈默，也不覺得苦惱。美代在時，有時也盡情地開開玩笑。很有生氣。

他即使沈默，那副充滿青春活力的容貌，也絕不會給人一種憂鬱沈思的印象。他的整個身軀彷彿是衝著太陽和大自然傾訴、歌唱，他那勞動著的五體的動作，洋溢著一種可以說是眞正的生命的頑強東西。

悅子猜測，這個擁有單純而容易輕信的靈魂的人，至今仍然無憂無慮地確信美代還在這戶人家。他可能會這樣考慮：美代只因事外宿，今天也許會回來的。即使對此惴惴不安，他也是不會向彌吉和悅子探詢美代的行蹤的。

這麼一想，悅子的心情變了，她相信三郎的平靜全然繫在自己的身上。因爲悅子還沒有將眞話抖摟起來。因此什麼也不知道的三郎，當然不會咒罵她，也不會尾隨美代離開這裡。事到如今，在悅子的內心裡說實話的勇氣已經衰微了。這不僅是爲了悅子，也是爲了三郎這短暫的假想的幸福，毋寧說這種衰微是她所祈望的。

但是，他爲什麼不把母親帶來呢？即使是參加天理大祭祀之後回來，只要別人不打聽，他也絕不會主動詳細地談及大祭祀的盛況和旅途中的見聞的。在這點上，悅子再次陷入難以判斷的境地。

……微小的難以言明的希望，如果和盤托出，也只不過是招人恥笑的空想的微小希望。這些深層的不安，在悅子的心中產生了。罪過的內疚和這種希望，使她避忌正面看見三郎……

「三郎這小子爲什麼無動於衷，一點也不著急呢？」彌吉繼續尋思。「悅子和我本來以爲解雇美代，三郎就會馬上離去的，可如今這種打算也許會落空。沒什麼，不管它。只要同悅子一起去旅行，事情也就此了結了。就說我吧，到了東京，說不定會在某個節骨眼上遇到新的僥倖呢，不是嗎？」

悅子把拴著瑪基的鏈條繫在欄柵上，回頭望了望鐵路的方向。只見鐵軌在陰暗的天空下發出銳利的光。在悅子的眼前，布滿無數細微擦傷傷痕的鋼軌那耀眼的斷面，以不可思議的帶著幾分親切的平靜，向前伸延。鐵軌旁的曬熱的碎石上，灑落了纖細的銀色的鋼粉。不久，鐵軌傳導著微弱的震感，發出了聲響。

「大概不會下雨吧。」悅子冷不防地對彌吉說。因爲她憶起了上個月大阪之行的情景。

「這樣的天色，不要緊的。」彌吉抬頭仔細望了望天空，然後回答說。

四周轟隆隆，上行的電車進站了。

「您不上車碼？」悅子頭一次這樣問道。

「爲什麼妳不一起去呢？」電車聲的轟鳴，彌吉不得不提高嗓門，緩和了追問的語調。

「您瞧我這身便服的打扮，還帶著瑪基呢。」

悅子的話是不成理由的。

「可以將瑪基寄放在那家書店裡嘛。那店主很喜歡狗兒，是家常光顧的老店了。」

悅子依然左思右想，一邊將拴狗兒的鏈條解開。這時候。她開始覺得明日外出旅行之前，犧牲今天在米殿的最後半天也是合乎情理的。就這樣回家同三郎在一起，這是以一種類似意想不到的痛苦的形式所想像出來的。前天他從天理回來的時候，悅子是確信他的身影會馬上從自己的眼前消失的。然而，事實上她依然看到他的身影在自己的眼前晃動，她不僅近乎懷疑自己的眼睛，而且看到他就覺得不安。她一看到三郎在地裡若無其事地揮動鋤頭的身影就恐懼起來了。

昨日下午，她獨自出門作長時間的散步，難道不正是爲了逃避這種恐懼嗎？悅子解開了拴狗的鏈條，對彌吉說：

「那麼，我就去吧。」

悅子記得她和三郎並肩走過渺無人影的公路盡頭時，曾想像過那是大阪的中心，如今悅子在那裡卻是同彌吉並肩而行。不知道是什麼陰差陽錯，常常給人生帶來這種奇妙的配合。兩人走到戶外雜沓的人群中，才想起了阪急百貨公司的地下道可以直通大阪站內。

彌吉斜拄著拐杖，牽著悅子的手橫過十字路口。手分開了。

「快，快點！」

他從對面的人行道上大聲呼喚。

兩人繞了汽車停車場的半周，不斷地受到了擦身而過的汽車喇叭的威脅，他們擠進了大阪站雜沓的人群中。二道販子看到拎著皮包的人就驅前兜售夜車的車票。悅子覺得那青年黝黑而柔韌的脖頸有點像三郎，便回頭看了看。

彌吉和悅子橫穿過播放著列車發車和到站時間的喧囂的正門大廳，來到完全兩樣的冷清的走廊上，一眼看到了頭上掛著站長室的標幟。

……彌吉只顧同站長搭話，把悅子留在候車室裡，她坐在套著白麻布罩的長椅子上憩息的時候，不覺間迷迷糊糊地打起盹來。電話的高聲，把她吵醒了。她一邊觀望著在寬敞的辦公室裡勤快地幹活的站務員們的日常生活，一邊感到自己極度的勞頓。不僅肉體疲勞，心靈也疲憊，光看到生活的強烈節奏，就會給她帶來痛苦的某種物質的衆多的積累。悅子把頭靠在椅背上，她看到了這樣的光景：桌面上的一部電話機不斷交替誘出了鈴聲的尖銳的話聲。

她想：電話。似乎很久沒有見過那種東西了。人類的感情不斷地交錯其中，可電話本身只不過是奇妙的機械，僅能發出單調的鈴聲。無數的各式各樣的憎恨、愛情和欲望從電話的內部通過，電話怎麼絲毫不感到痛苦呢？抑或是那鈴聲不斷地揚起痙攣的、難以忍受的呼喚？

「讓妳久等了。車票拿到手了。據說明兒的特快票是很難買到的。這是很大的情面啊。」彌吉說著把兩張綠車票放在她伸出來的手上。「是二等票。為了妳才狠心買的。」

其實明後三天的三等票全部預售光了。相反，二等車票，即使在售票處也可以買得到。可是彌吉一踏進站長室，爲照顧體面，他也說不出口不要二等票。

然後兩人又在百貨店裡買了新牙刷、牙粉、悅子的粉質雪花膏，和供今晚在杉本家所謂「送別會」用的廉價威士忌，就踏上了歸途。

清晨，悅子早已把明日外出旅行的行裝準備停當了，所以她把從大阪採購來的僅有物品塞在皮包裡，剩下就是爲晚上送別會做頓比平日稍豐盛些的菜肴。從那次以來不怎麼同悅子說話的千惠子，還有淺子也參加進來，幫忙做飯菜。

習慣，一般都帶有迷信保守的色彩。十鋪席的客廳平日是不輕易動用的，彌吉建議限於今晚，全家可聚在客廳共進晚餐。這一建議，是無法令人用太明朗的心情去接受的。

「悅子，老爸說出這樣的話，叫人納悶啊！說不定預兆著妳會在東京給老爸臨終餵最後一口水吶。偏勞妳了。」來廚房偷嘴吃的謙輔說。

悅子去查看了十鋪席的客廳是不是已經打掃乾淨。尚未亮燈的空盪盪的十鋪席房間，沐浴在夕照之中的情景，顯得有點荒涼，恍如一個大而空的馬廄。三郎獨自一人面向庭院的方向在打掃房間。

可能是由於房間昏暗、他手中的掃帚以及掃帚穩靜地摩擦著鋪席發出的唰唰聲的緣故，這年輕人那副難以言喻的孤獨的身影，給人留下了強烈的印象。儘管如此，站在門檻邊上凝望著的悅子，卻彷彿第一次看到了他內心的影像。

她的內心被罪惡的意識所折磨，同時也燃燒著同等強烈的戀心。通過痛苦，悅子才第一次眞誠地爲戀情所苦惱。她從昨日起害怕見到他的原因，也許是戀心動輒在作案的吧。

然而，他的孤獨是那麼牢固的純潔，甚至使悅子無縫可鑽。戀慕的憧憬，蹂躪著理性和記憶，以致使悅子輕易地忘卻了美代的存在——這是構成目前的罪惡意識的原因。她只想向三郎道歉，接受他的責備，甚至承受他的處罰。這種想法是值得欽佩的。這種欽佩表現出明顯的利己主義，表面上看，這個女人只顧自己，事實上是她第一次體味著如此這般的純粹的利己主義。

三郎發現站在昏暗中的悅子，便回過頭來說：

「您有事嗎？」

「掃乾淨了吧。」

「掃乾淨了。」

悅子走到房間的中央，環顧了一下四周。三郎穿著草綠色襯衫，捋起袖子，把掃帚靠在自己的肩膀上，直勾勾地凝視著悅子。他發覺站在昏暗中的這個幽靈般的婦女的心潮，在洶湧澎湃。

「哦。」悅子痛苦地說，「今晚，半夜一點鐘，麻煩你到後面的葡萄園裡等我，好嗎？在外出旅行之前，我有些話無論如何也得跟你說。」

三郎默不作聲。

「怎麼樣？能來嗎？」

「是，少奶奶。」

「來還是不來？」

「我會去的。」

「一點鐘，在葡萄園，別讓任何人知道呀！」

「是。」

三郎不自然的離開了悅子，用掃帚開始打掃另一個方向的地方。

十鋪席的房間裡，安了一百瓦的電燈，可是點亮一看，連四十瓦的亮度都沒有。由於燃點了這糟透了的昏暗的電燈，令人覺得這房間比薄暮時分的昏暗更幽黑了。

「這樣子哪能壯聲勢啊！」謙輔這麼一說，大家進餐的時候，都關心起電燈來，不時輪流地抬頭望望電燈。

而且難得地擺上了待客用的食案，連三郎，全家八人以背靠壁龕立柱的彌吉爲中心，排成蔡字型席地而坐就好了。可是，好像有田產陶瓷深碗裡盛著的燉肉一樣，落下了陰影，看不太清楚，所以根據謙輔的建議，八人坐成蔡字型，縮小四十瓦的燈光下的範圍，這光景，與其說是宴會，不如說是像聚在一起搞夜班副業的樣子。

大家舉起斟上二級威士忌的玻璃杯乾了杯。

悅子忍受著自己造成的不安的折磨，謙輔的滑稽相，千惠子的「青豁派」①式的饒舌、夏雄快活的高聲大笑，她都視而不見，充耳不聞，她像登山人越來越尋找艱難險阻的山峰攀登一樣，受不安和痛苦的能力所唆使，釀成更多的新的不安和痛苦。

儘管如此，現在悅子的不安中帶有她獨創的不安和某種異樣的平庸的成分。她採取攆走美代行動的時候，這種新的不安就已經開始露出苗頭。她這樣漸漸地所犯的估計錯誤之大，或許會使她甚至喪失她在這人世上被分派的幾項任務，喪失她好不容易在這世上獲得的一把交椅。對某些人來說是個入口，對她來說也許就是個出口。這扇門設在猶如消防瞭望樓那樣的高處，許多人打消了爬上那入口的念頭，然而碰巧早就住在那裡的悅子想從沒有窗戶的房間走出去，也許一打開出口的門扇，就會踩趾而墜死。也許絕不從這房間走出去的這一前題，就是爲了走出去而運用的所有聰明睿智的唯一的基礎。可是……

悅子坐在彌吉的貼鄰。她無須移動視線去看這個上了年紀的旅伴。她的注意力被正對面的三郎手上端著的謙輔勸酒的玻璃杯所吸引了。他那厚實而純樸的手掌，憐恤似地端著斟滿了琥珀色的液體、在燈下閃爍著美麗光芒的玻璃杯。

悅子心想：不能讓他喝那麼多啊。今晚他喝得過多的話，一切又得重新開始。他喝得酩酊大醉睡過頭的話，一切又將全部落空。只有今晚了呀！明兒我就去旅行。

謙輔想再次給他續酒，這時悅子禁不住把手伸了過去。

「討人嫌的姐姐啊。應該讓可愛的弟弟喝嘛！」

謙輔公開諷刺這兩人的關係，這還是第一次。

三郎無法指出這話的含意，有點莫名其妙，手裡握著空玻璃杯在笑。悅子也佯裝無所謂的樣子，邊笑邊說：

「可不是嗎，未成年人喝多了會傷身體的嘛！」

悅子已將酒瓶奪到手裡。

「悅子當了保護未成年人協會女會長哩。」

千惠子袒護著丈夫，表示了溫和的敵意。

事情已經發展到這一地步，近三天來屬於避忌不談的美代的不在，就不一定不能成爲公開的話了。因爲某個禁忌，迄今是靠適度的親切和適度的敵意巧妙地中和了的冷漠維持過來的。採取一問三不知主義的彌吉、親切遭到禁止的謙輔夫婦，以及與三郎幾乎沒有交談過的淺子，湊巧不謀而合地遵從默契的規章，才使得這個禁忌有可能維持下來。然而，一旦有一角崩潰，危險就會立即呈現在眼前。此刻千惠子就在悅子的眼前，不一定不可能揭露她的行爲呀。

悅子心想：今晚好不容易下決心親口向三郎和盤托出，準備接受他的斥責。可是，假定這些是從別人的嘴裡告訴三郎，又該怎麼辦！三郎在憤怒之前，可能保持沈默，把悲傷隱沒起來吧。更壞的是，在大家面前，可能有所顧忌而微笑著寬恕我。一切就將這樣終結。

一切的一切，諸如痛苦的預測，不可能實現的希望、令人高興的破滅就將終結了吧。但願深夜一點鐘之前，不要發生任何一樁意外的事！但願在我動手處理之前，不要發生任何一樁新的事故！

悅子臉色蒼白，依然僵硬地坐著，不再言聲了。

彌吉出於無奈，不得不顯示出自覺作爲悅子的苦惱的無力的同情者，縱令他只朦朦朧朧地捕捉到悅子感受到的危險內容，然而憑藉往日積累下來的訓練，也能大致上體察到她那顆感受著這種危險的心的動搖程度。因此，他清楚地看出，在眼下的這種場合，在謙輔夫婦的面前，顯示出袒護悅子的雅量，就是爲了從明天開始的旅行的快樂，也是不可或缺的措施。於是，他發揮了能使在座的人的熱鬧氣氛冷卻下來的才能，以他從社長時代起就有的自信，滔滔不絕地發表長篇大論，這才拯救了悅子。

「好了，三郎不要再喝囉。我在你這般年齡，不要說酒，就連香煙也不抽啊。你不抽煙。令人欽佩。年輕時還是沒有那些多餘的嗜好，對日後有好處啊。過了四十歲再嗜酒，爲時還不晚嘛。像謙輔這樣嗜酒，可以說太早了。當然，時代不同，有個時代差的問題。必須將這個因素考慮進去。儘管如此……」

大家都沈默不語了。突然，淺子揚聲呼出別無他意的瘋狂般的話聲：

「啊！夏雄睡著啦。我把這孩子安頓好就來。」

淺子抱著靠在她膝上入睡了的夏雄站了起來。信子尾隨她身後走開了。

「咱們也學夏雄那樣老實點吧。」謙輔體察彌吉的心情，用佯裝孩子般的口吻說，「悅子，把酒瓶還給我吧。這回我來獨酌自飲。」

悅子心不在焉，把擱在自己身旁的酒瓶推到了謙輔的面前。

她的目光緊緊地盯著三郎的姿影，即使想將視線轉移也無法轉移了。每逢他們的視線碰在一起的時候，三郎都不好意思地將目光移開了。

她這樣盯著三郎，特意思考著迄今無法逃脫的命運，又覺得已經考慮好明天的旅行，變成某種不確實的、似乎隨時都可能改變計畫似的，於是有點狼狽周章了。此時現在她的腦子裡的地名，不是東京；倘使勉強把它稱作地名的話，那麼後門的葡萄園就是唯一的地名。

杉本家的人們通稱爲葡萄園的所在，其實就是彌吉如今放棄栽培葡萄的三棟溫室，以及上百坪的桃林組成的房後一地段，這裡是登山和參加祭祀時必經之路。但除了這種時候以外，杉本家的人們是不常到這場三、四百坪的半荒蕪了的孤島般的地段來的。

……悅子早已反覆考慮過諸如在那裡與三郎相會時的打扮、提防不讓彌吉覺察到自己的打扮、準備鞋子、盤算著臨睡前事先悄悄把廚房的木板後門打開，以免它發出可怕的吱吱聲等等。她思緒紛繁，陷入了深深的不安。

退一步想，又覺得僅僅爲了同三郎長談，得做許多的祕密安排，約好那樣的時間，那樣的地點，似乎是白費力氣。毋寧說，似乎是可笑的徒勞。且不說數月前她的戀情尚無人所知，如今卻已成爲半公開的祕密，爲了避免無謂的誤解，僅僅爲了「長談」，白天在戶外進行也未嘗不可嘛！因爲她的這種長談所祈盼的僅僅是悲愴的自白。除此別無他求。

是什麼東西促使她特意希求這些煩瑣的祕密呢？

這最後一夜裡，哪怕是形式上的祕密，悅子也是希望掌握它的。她渴望同三郎之間擁有最初的、或許也是最後的祕密。她希望同三郎分享祕密。即使三郎最終沒有給予她任何東西，她也希望從他那裡得到這多少帶點危險的祕密。悅子覺得自己無論如何有權要求他的這一點點禮物……

十月中旬開始，爲抵禦夜寒和晨寒，彌吉就寢時早早就戴上了那頂他稱之爲「睡帽」的毛線帽。

對悅子來說，這是一種微妙的標誌。晚上他戴著這帽子鑽進被窩，是意味著不需要悅子。不戴這帽子就寢，則是需要悅子。

送別會在十一點鐘結束，悅子已經聽到身旁的彌吉的鼾聲了。爲了明日一早的旅行，需要足夠的睡眠。戴著就寢的毛線「睡帽」微微歪斜，露出了骯髒的白髮髮根。他的白髮不是純白，而是花白，給人一種不潔淨的感覺。

難以成眠的悅子借助臨睡時讀書的枱燈燈光，端詳了一番那烏黑的「睡帽」。良久，她才把燈熄滅，萬一彌吉醒來，也不至於因爲自己看書看得太晚而使他感到不自然。

此後的近兩個小時，悅子是在漆黑中以可怕的望眼欲穿的心情度過的。這種焦慮和徒然交織著的熱烈的夢想，描繪出一幅她與三郎幽會時的無限喜悅的圖景。她忘卻了自己爲招來三郎的憎恨該做的自白的努力，猶如由於戀心的牽縈而忘卻了祈禱的尼姑一樣。

悅子將藏在廚房裡的便服套在睡衣上，繫上朱紅色的窄腰帶，圍上舊的彩虹色羊毛圍巾，然後穿了一件黑色綾子大衣。瑪基拴在大門旁的小犬舍裡睡著了，不用懼怕狗吠。從廚房的木板後門走了出來。入夜澄明的天空，月光皎潔如同白晝。她不直接向葡萄園走去，而首先來到了三郎的臥室前。窗戶是敞開的。被子被推到了一邊。他無疑是從窗戶跳下去，先行到葡萄園去了。這種誠實的發現，帶來了一種意想不到的官能上的喜悅，使她內心發癢起來。

一句話，雖說是屋後，但葡萄園和房子之間橫著一片峽谷般的低窪白薯地。而且，葡萄園朝這邊的側面覆蓋著四、五米寬的竹叢，從家中是全然窺不見的溫室的輪廓的。

悅子沿著穿過白薯地峽谷的雜草叢生的小徑走去，貓頭鷹在鳴叫。月光把刨完白薯的地裡的鬆土，映照得活像用厚紙揉成的山脈地形圖。小徑的一處覆蓋著荊棘，留下許多像是橡膠底運動鞋走過的印跡。這是三郎留下的腳印。

悅子走出竹叢的盡頭，爬了一段斜坡，來到了橡樹的樹蔭下，月下從這裡可以環顧葡萄園的一個地段。三郎交抱著胳膊，呆然地立在玻璃幾乎全部毀壞了的溫室的入口。

在月光下，他那平頭髮的烏黑，顯得格外的鮮明。他沒有穿著外套，似乎對寒冷毫無反應。他只穿了彌吉給他的那件手織灰色毛線衣。

一看見悅子，他頓時神采飛揚，鬆開了交抱著的雙臂，併攏腳跟，從遠處打起招呼來。

悅子走近了，卻說不出話來。

良久，她才環視了一下四周，說：

「找個地方坐坐好嗎？」

「嗯。溫室裡有椅子。」

這句話裡，絲毫沒含躊躇或羞怯，這使悅子大失所望。

他低下頭，鑽進了溫室。她也尾隨其後走了進去。室頂幾乎全無玻璃，鮮明的框架的影子，乾枯的葡萄和樹葉的影子，落在地板的鋪草上。任憑風吹雨打的小圓木椅子躺倒在地。三郎用掖在腰間的手巾把木椅細細地揩拭乾淨，勸悅子坐了下來，自己則橫放下一個生了鏽的汽油桶，落坐在上面。可汽油桶椅子不穩，他像小犬似的立起單膝，在地板的鋪草上盤腿而坐。

悅子沈默不語。三郎拿起稻稭，繞在手指上，發出了聲響。

悅子用迸出來似的口吻說：

「我把美代解雇了。」

三郎若無其事，抬頭望了望她，說：

「我知道。」

「誰告訴你的？」

「從淺子夫人那裡聽說的。」

「從淺子那裡？……」

三郎耷拉下腦袋，又將稻稭繞在手指上。因爲他不好意思正面望著悅子驚愕的神態。

低下頭來的少年這副憂愁的模樣，在悅子的想像力得到意外發揮的眼裡，他們被無情地拆散了，這一兩天他雖然竭力佯裝爽朗，好不容易才把這悲傷抑制下來，在驚人的勇敢的誠實和無以倫比的純樸中，隱藏著一種強烈的無言的抗爭。這無言的抗爭，比任何粗暴的斥責都更刺痛人心。她依然坐在椅子上，深深地曲著身子。她心神不定。把手指剛握緊又鬆開，用低沈而又熱切的聲音訴說開了。她是如何竭力壓抑激越的感情在傾訴？從她的聲音如欷嘘似的不時間斷，就可以知道了。而且，聽起來簡直像在生氣似的。

「請原諒。我很痛苦啊！我只好這樣做。除此之外，別無其它辦法了。再說，你在說謊。你和美代明明那樣地相愛，你卻對我謊說什麼你並不愛她。我聽信你的謊言，愈發痛苦了。爲了讓你了解你使我嘗受的你簡直沒有察覺的痛苦，我覺得有必要讓你也體會一下同等的無緣無由的痛苦。我忍受著多麼大的痛苦，你是不會想像到的。如果可以從心中掏出來比較的話，我甚至願意把眼下你的痛苦同我的痛苦比較比較，看看究竟是誰的痛苦更大。我實在太痛苦，無法控制自己，所以才用火燒了自己的手的啊！你瞧瞧。這是因爲你啊！這燒傷是因爲你啊！」

在月光下，悅子將帶傷疤的手掌伸了出來。三郎像觸摸可怕的東西，輕輕地觸摸了一下悅子挺直的手指，旋即又鬆開了。

三郎心想：在天理也見過這樣的叫化子，他們顯示傷口以乞討別人的憐憫，實是可怕。少奶奶身上像是總有一些地方類似自命清高的叫化子啊。

三郎甚至這樣想：想不到自命清高的原因全在她的痛苦上。

至今三郎還不知道悅子在愛自己。

他想盡量從悅子拐彎抹角的告白中撿取自己好歹能夠接受的事實。眼前這位婦女十分痛苦。只有這點是確實的。儘管她的痛苦的深刻原因，別人無從知道，但好歹是三郎引起，她才這樣痛苦。對痛苦的人，必要給予安慰。只是，怎樣安慰才好呢？他不知道。

「沒關係。我的事，妳不必擔心。美代不在，短暫的寂寞，沒有什麼了不起的。」

悅子估量這不致於是三郎的本意，就對這種離奇的寬大，感到幾許驚訝，但她仍然帶著一種懷疑的目光，在這親切而單純的安慰中，探索謙遜的謊言，存在隔閡的禮儀成規。

「你還在說謊嗎？硬被人家將自己和心愛的人拆散了，還說沒有什麼了不起，會有這種事嗎？我把所有心裡話都抖摟出來，表示了歉意，你卻把你的眞心隱藏起來，還不想眞誠地原諒我啊！」

在對抗悅子這種高深莫測的空想的固定觀念上，不能想像會有什麼對手比三郎這種玻璃般單純的靈魂更無爲無策了。他不知所措，最後想道：悅子責怪的，歸根到底是他的謊言。剛才她指責的三郎的重大謊言、所謂「並不愛美代」的謊言，如果被證明是眞的話，那麼她就安然了吧。他用斬釘截鐵的口吻說：

「不是說謊。眞的，請妳不用擔心。因爲我並沒有愛美代。」

悅子不再欷歔，她幾乎笑了起來。

「又在說謊！又說這樣的謊言！你這個人啊，事到如今，以爲用這種哄孩子的謊言就可以欺騙我嗎？」

三郎束手無策了。在這個無甚可言的心緒不寧的女人面前，實在難以對付。除了沈默，再無計可施了。

悅子面對這種沈默的親切，才鬆了口氣。她深切地聽到遠處傳來了深夜載貨電車揚起的汽笛聲。

三郎忙於追尋自己的思考，哪還顧得上汽笛聲。

三郎心想：怎麼說少奶奶才會相信呢？不久前，少奶奶曾把愛還是不愛當作天翻地覆似的一樁大事，如今無論怎麼說，少奶奶都認定是謊言，不予理睬，對了，也許她需要證據。只要將事實說出來，她定會相信的吧。

他正襟危坐，欠了欠身，猝然鼓足勁說：

「不是謊言。我本來並不想娶美代做妻子。在天理，我也曾將這件事告訴家母，家母從一開始就反對我的這門婚姻，說爲時尙早。我無論如何也說不出口，終於沒有把她已經懷孕的事說出來。家母更加反對，她說，討這樣的一個不稱心的女人做媳婦有什麼意思。還說，這種討厭的女人的面孔，連瞧也不願瞧一眼，所以她沒有到米殿來，從天理就逕直返回老家了。」

三郎拙嘴笨舌，說出了這番極其樸實的話兒，洋溢著一種難以言喻的眞實感。悅子並不恐懼，她貪婪地咀嚼著夢中的愉悅一般的、隨時都可以消逝的、瞬間鮮明的喜悅。聽著聽著，她的目光閃爍，鼻翼顫動了。

她如醉似夢地說：

「爲什麼不把它說出來？爲什麼不早點把它說出來啊!?」

接著這樣說：

「原來如此。原來沒有把令堂帶來是由於這個緣故啊。」

她還這樣說道：

「於是你回到這兒來，美代不在反而更方便是嗎？」

這番話是一半含在嘴裡，一半吐露出來的。所以要將悅子自身執拗地反覆出現的內心獨白，同說出口的自言自語，做意識上的區別是十分困難的。

夢中，樹苗在轉瞬間成長爲果樹，小鳥有時變成像拉車的馬一般巨大。這樣，悅子的夢境，也會使可笑的希望突然膨脹爲眼前即將實現的希望的影子。

悅子這樣想道：說不定三郎愛的就是我呢？我必須拿出勇氣來。必須試探一下。不用害怕預測落空。倘使預測對了，我就幸福了。事情就是這麼簡單。

然而，不怕落空的希望，與其說是希望，莫如說是一種絕望。

「是嗎……那麼，你究竟在愛誰呢？」悅子問道。

在目前這種場合下，也許聰明的女人所犯的錯誤，能夠把兩人連結在一起的，不是語言，而是如果她將手親切地搭在三郎的肩上，萬事便會就緒呢。這兩個異質的靈魂，通過手的互相摸挲，也許會融合在一起呢。

但是，語言像頑固的幽靈堵在兩人之間，三郎對悅子的臉頰上的清清楚楚地飛起的紅潮不理解。他只是像被問到數學難題的小學生一樣，在這種提問面前有點畏縮了。

他彷彿聽到：「是愛……還是不愛……」

又來了！又來了啊！

乍看這很方便的暗語，對他來說依然給他那種遇事現打主意的輕鬆的生活，帶來了多餘的意義，又給他今後的生活嵌上多餘的框架，不知爲什麼他只認爲這是剩餘的概念。這種語言作爲日用必需品而存在。根據時間和場合，這種語言也可以作爲生死的賭注。他沒有運營這種生活的房間。不僅沒有，連想像也不容易。況且，類似擁有這樣一間房間的主人，爲了消滅這房間，甚至可以做出放火燒掉整棟房子的愚蠢的行爲。對他來說，這是可笑至極。年輕小夥子，在少女的身旁。作爲自然的發展趨勢，三郎同美代接吻了。交接了。於是美代腹中孕育了幼小的生命。也不知爲什麼，隨著自然的發展趨勢，三郎對美代厭倦了。形似兒童的遊戲變得頻繁了。不過，至少誰都可以是這種遊戲的對象，並不一定非美代不可。不，也許說厭倦了這句話有些欠妥。對於三郎來說，事情已經發展到不一定非要美代不可的地步了。

人，總是不愛一個人就必然愛著另一個人，而愛著一個人就必然不愛另一個人，然而，三郎從來不曾遵循這種理論來規範行動。

由於這個緣故，他又再度窮於回答。

把這個純樸的少年逼到這步田地的是誰？逼到這步田地並讓他這樣隨便應付回答的又是誰之罪？

三郎心想：不是憑感情，而是要仰仗世故教誨的判斷。這是從孩提起就靠吃他人的飯長大的少年所常見的解決問題的辦法。

這樣一想，悅子的眼睛示意：請說出我的名字吧，他馬上就領悟了。

三郎心想：少奶奶的眼睛潤濕了，看來她是很認眞的吶。我明白了，這個謎語的答案：大概是希望我說出少奶奶的名字吧。一定是那樣的吧。

三郎摘下身邊的黑色的乾枯葡萄，一邊放在掌心上滾動，一邊耷拉著腦袋，直言不諱地說：

「少奶奶，是妳！」

三郎這種明顯說謊的口吻，與這種與其說不是在愛，不如說宣告不是更公開地在愛的口吻，讓悅子因直感這種天眞的謊言，不一定需要冷靜的思考，而深深地沈湎在夢境之中。這句話讓悅子振奮了精神，站立起來了。

萬事完結了。

她用雙手理了理被夜氣浸涼了的亂髮。然後用沈著的、毋寧說是雄壯的口氣說：

「好囉，我們也該回去了。明兒一早就啓程，我也得稍睡一覺啊。」

三郎微微垂下左肩，不服氣似地站了起來。

悅子感到脖頸一陣寒冷，她將彩虹色圍巾豎了起來。三郎看她的嘴唇在乾枯的葡萄葉子的蔭影下，發出了微帶黑色的光澤。

迄今三郎疲於同這個難以取悅的、非常麻煩的女人周旋，這時候他才覺得時不時地向上翻弄眼珠望著的悅子，不是女人，而是某種精神的怪物。不知爲什麼他總覺得她是一團離奇的精神的肉塊，是時而苦惱、時而痛楚、時而流血、剛剛恍然便喜悅而呼喚的、明顯的神經組織的硬塊。

然而，三郎對站起身來將圍巾豎起的悅子，第一次感受到女人的氣息。悅子想從溫室走出去。他拓開胳膊，把她攔住了。

悅子扭動身子，像是刺中三郎的瞳眸似的盯著三郎。

這時，就像小船的船漿在水藻叢生的布滿暗影的水中碰撞了他人的小船的船底一樣，雖然他們隔著好幾層衣服，悅子也感受到他的胳膊的結實肌肉，和自己胸脯的柔軟的肉體明顯地貼在一起了。

即使被她凝視，三郎也不再畏縮了。他微微顫動地張開嘴巴，卻沒有發出聲音，讓她放心似的快活地笑了，連他自己也沒有察覺他兩三次敏捷地眨了眨眼睛。

這時候的悅子所以一言不發，難道是因爲她好歹領悟到語言的無力了嗎？難道是因爲好不容易才確實抓到了的絕望，不能撒手，就像一度望見懸崖深淵的人被它迷住而無法考慮其他事情一樣嗎？

悅子被一味迂迂迴迴的、年輕而快活的肉體壓迫著，她的肌膚都被汗水濡濕了。一隻草鞋脫下，翻過來落在地上了。

悅子反抗了。爲什麼要這樣抵抗？她自己也不知道。總之她簡直著了魔似的在抵抗。三郎的兩隻胳膊從她的背後伸進兩腋下，緊緊地摟住她不放。悅子拼命地躲閃著臉兒，嘴唇和嘴唇很難相合在一起。三郎焦灼萬分，腳跟站不穩，被椅子一絆，一邊膝蓋碰在稻稭上。悅子趁機從他的胳膊掙脫出來，從溫室跑出來了。

悅子爲什麼叫喊？悅子爲什麼呼救？她是呼喚誰的名字？除了三郎以外，她想如此熱切呼喚的名字在哪兒？除了三郎以外，能拯救她的人在哪兒？儘管如此，她爲什麼呼救？

呼救又會怎麼樣？在哪兒？走向哪兒？……從哪兒被救出來，送到哪兒，悅子心中有數嗎？

三郎在溫室旁邊叢生的芒草中，窮追著悅子，最後把她按倒在地。女人的軀體深深地落在芒草叢中。被芒葉拉開口子的兩人的手，滲出了連血帶汗。兩人卻全然沒有察覺。

三郎臉上泛起了紅潮，滲出的汗珠光燦燦的。悅子一邊近望著他的臉，一邊在想：人世間還有比因衝動而煥發的美、因熱望而光彩奪目的年輕人的表情更美的東西嗎？同這種思緒相反，她的身體還在抵抗著。

三郎用兩隻胳膊和胸脯的力按住了女人的肉體，簡直就像戲弄似的用牙齒將黑綾子大衣上的扣子咬掉。悅子處在半無意識的狀態。她以洋溢的愛，感受到自己的胸脯上滾動著一個又大又沈重的活動的腦袋。

儘管如此，這一瞬間，她還是呼喚了。

在驚愕於這尖銳的叫聲之前，三郎甦醒過來了。他的敏身軀，立即考慮了逃遁。沒有任何理論上或感情上的聯繫，牽強地說，就像直感生命有危險的動物一樣，考慮了逃遁。於是，他離開她的身體站了起來，朝著杉本家相反的方向逃跑了。

這時，悅子產生了一種驚人的強韌力量，她從剛才所處的半丟魂的狀態中，敏捷地站起身來，追上三郎纏住不放。

「等等！等等！」她呼喊道。越呼喚，三郎就越要逃跑。他一邊跑一邊把纏在自己身體上的女人的手掰開了。悅子用盡渾身力氣，緊緊地抱住他的大腿，被他拖著走了。在荊棘中，她的身體被拖著走了近二米遠。

另一方面，彌吉忽然驚醒，發現身旁的臥鋪裡沒有悅子了。他受到了預感的折磨，走到了三郎的寢室，發現那裡的臥鋪也是空盪盪的。窗下的泥地上留下了鞋子的痕跡。

他走下廚房，看見廚房的木板門敞開著，月光直射了進來。從這裡出去，要麼是到梨樹林，要麼是到葡萄園，除此別無其他去處。梨樹林的地面，每天都被彌吉拾掇，覆蓋上鬆軟的泥土。所以，彌吉決定從通往葡萄園的路走下去。

剛要去又折了回來，拿起了立在堆房門口的鋤頭。這並不是出於深奧的動機。也許是爲了自衛用吧。

來到竹叢盡頭的時候，彌吉聽見悅子的悲鳴。他扛著鋤頭跑了過去。

三郎正逃沒逃掉的時候，回頭望見了衝自己跑過來的彌吉。他的腿躊躇不前，站住了。

他喘著粗氣，等待著彌吉來到自己的面前。

悅子感到企圖逃遁的三郎的力氣，頓時喪失殆儘，納悶似地站起身來。她並沒有感到渾身疼痛。她察覺身邊有人影。一瞧，原來是依然穿著睡衣的彌吉站立在那裡。他已經將鋤頭放下，敞開睡衣衣襟，露出的胸膛劇烈地喘著粗氣。

悅子毫無畏懼地回看了一眼彌吉的眼睛深處。

老人的軀體在戰慄。他經受不了悅子的視線，把眼帘耷拉下來了。

這種軟弱無力的躊躇，激怒了悅子。她從老人手中把鋤頭奪了過來，向無所期待地、毫不理解地呆然佇立在她身邊的三郎的肩膀掄了過去，沖洗得乾乾淨淨的白花花的鋤頭鋼刃沒有落在肩膀上，把三郎的脖頸擊裂了一個口子。

年輕人在喉嚨一帶發出了微弱的被壓抑的呼喊。他向前搖晃了幾步，第二次的打擊斜落在他的頭蓋骨上。三郎抱頭倒了下去。

彌吉和悅子紋絲不動，凝望著還在微暗中蠕動著的軀體。而且，兩人的眼睛什麼也不看了。

其實，不過是數十秒鐘的瞬間，恍如陷入了無邊的漫長的沈默之後，彌吉開口說道︰

「爲什麼殺死他？」

「因爲你不殺他。」

「我並不想殺他呀。」

悅子用瘋狂般的目光回看了彌吉一眼，說：

「說謊！你是想殺他的！我剛才就等著你行動。你除非把三郎殺了，否則我就沒有獲救的道路。可是，你卻猶疑，卻戰慄，毫無自尊心地戰慄了。在這種情況下，我只好代替你把他殺死了。」

「唉，妳呀，想把罪過推到我身上。」

「誰推給你！我明兒一早就到警察局自首去。我一個人去。」

「何必著急呢。有許多可供考慮處置的辦法嘛。不過，話又說回來，妳爲什麼非把這傢伙殺死不可呢？」

「因爲他折磨我。」

「可是，他沒有罪。」

「沒有罪？！哪有這等事。這種下場，是他折磨我的必然的報應。誰都不許折磨我。誰都不能折磨我。」

「不能？是誰定的？」

「我定的。一經決定的事情，我就絕不會改變。」

「妳這個女人眞可怕。」

彌吉似乎這才發現自己並不是沒有本事，於是放心地鬆了口氣。

「明白嗎？絕不要焦急。慢慢考慮個處置的辦法吧。處理之前，讓人發現這傢伙就不好辦囉。」

他從悅子手中把鋤頭拿了過來。鋤把上被四濺的血濡濕了。

此後，彌吉所做的事，很是奇怪。這裡有一片早已收割完畢的泥土鬆軟的旱田。他像深夜耕耘的人，在這旱田上勤勞地挖起洞穴來。

挖一個淺淺的墓穴，花了相當長的時間，這時間，悅子坐在地上，凝視著趴在地上的三郎的屍體。他的毛衣稍向下掀開，脊背的肌膚與毛衣一起向上掀開的襯衣下露了出來，肌肉呈現蒼白的土色。埋在草叢中的側臉彷彿在笑。因爲從那由於痛苦而扭曲了的嘴裡，可以窺見他那排尖利而潔白的牙齒。腦漿流淌出來的額頭下方，眼窩深陷似的緊緊地閉上了。

彌吉刨掘完畢，來到了悅子的身旁，輕輕地拍了拍她的肩膀。

上半身屍體全是血，難以觸摸。彌吉抬起屍體的雙腳，從草地上拖走。就是在夜裡，也可以看見草上點點滴滴地劃出了一道黑色的血跡。仰著臉的三郎的頭部，碰上地面的坑坑窪窪或石頭時，好幾回看上去彷彿在點頭。

兩人匆匆地在橫躺在淺淺的墓穴裡的屍體上埋了土。最後只剩下半張著的嘴、閉著眼睛的笑臉。月光把他的前齒照得閃亮，無比的潔白。悅子扔下鋤頭，把手中的鬆土撒在他的口中。鬆土灑落在黑魆魆的洞穴般的口腔裡。彌吉從旁用鋤頭把大量泥土攏過來，將屍體的臉掩埋了。

埋上厚厚的土層之後，悅子用穿著布襪子的雙腳，把上面的土踩結實了。土的鬆軟性使她油然生起一股親切感，彷彿她的雙腳是踩在肌膚上一樣。

這期間，彌吉細心地查看地面，把血跡一一抹掉。蓋上了泥土。然後又踐踏一遍，消滅痕跡……

兩人在廚房裡，將沾上血和泥土的髒手洗淨，悅子脫下濺上大量血跡的大衣，脫掉布襪子，她找出一雙草鞋穿上，向彌吉走了過來。

彌吉的手不停地震顫，無法舀水。悅子毫不顫抖，她舀了水，細心地將流在水槽裡的血水沖洗乾淨。

悅子拿起揉成一團的大衣和布襪子先走開了。她感到被三郎拽著走時擦傷的地方有點疼痛。儘管如此，這還不是眞正的疼痛。

瑪基在吠叫。這聲音也在須臾之間戛然止住了。

……睡眠突然像恩寵似的襲擊了就寢的悅子，該作如何比喻呢？彌吉驚呆地聽著身旁的悅子的鼾聲。這是長期的疲勞，無邊無際的疲勞，比剛才悅子所犯罪過更摸不著邊際的莫大的疲勞……毋寧說是爲了某種有效的行爲、從積累無數的勞苦的記憶組成的滿足的疲勞……如果不是作爲這種疲勞的代價，人們又怎能把這樣擺脫煩惱的睡眠變成自己的東西呢。

……也許是悅子第一次被允許有了這樣短暫的安閒，之後她醒過來了。她的四周一片黝黑。掛鐘發出陰鬱而沈重的嘀嗒聲，一秒一秒地流逝。她身邊的彌吉難以成眠，在顫抖著。悅子也不想揚聲。她的聲音，不會傳到任何人的耳膜裡。她強睜開眼睛，投向漆黑中。什麼也沒有看見。

可以聽見遠處的雞鳴。這時刻距天明還早。雞的鳴叫遙相響應。遠處不知是哪兒的一隻雞鳴，另一雞也呼應地鳴叫起來。又一隻啼鳴，還有另一隻呼應。深夜雞鳴，沒完沒了地相互呼應。雞的鳴聲還在繼續，永無休止地繼續……

……然而，什麼事情也沒有發生。

① 青鞜派，日本二十世紀初以平冢雷鳥爲首的女文學家的一派，主張破壞舊道德，解放女性。